Gerhard Eckert

Esel sind auch nur Menschen

Heitere Geschichten von liebenswerten Grautieren

Husum

Umschlagbild von Anneliese Eckert

Die Deutsche Bibliothek – CIP-Einheitsaufnahme

Eckert, Gerhard:
Esel sind auch nur Menschen : heitere Geschichten von liebenswerten Grautieren / Gerhard Eckert. – Husum : Husum Druck- u. Verlagsges., 1994
(Husum-Taschenbuch)
ISBN 3-88042-696-1

Satz: Fotosatz Husum GmbH
Druck und Verarbeitung: Husum Druck- und Verlagsgesellschaft
Postfach 1480, D-25804 Husum
ISBN 3-88042-696-1

Liebe Eselfreunde,

alle Geschichten dieses Büchleins handeln von Eseln. Das ist recht ungewöhnlich, denn gegenüber Pferden, Hunden, Katzen und anderem Getier sind Esel bisher immer zu kurz gekommen. Wer spricht und erzählt schon über Esel?! Seit sie bei uns ihre Bestimmung als geduldige Lasttiere verloren haben, sind Esel aus unserem Blickfeld verschwunden. So ungerecht ist die Welt. Wer freilich nur einigen Umgang mit Eseln – vierbeinigen, versteht sich – gehabt hat, wird sie bald schätzen und lieben.

Ich kenne sie gut. Kein anderer deutscher Schriftsteller, glaube ich jedenfalls, lebt – wie ich – seit nunmehr drei Jahrzehnten auf seinem Hof ständig mit Eseln zusammen. Es sind angenehme Gefährten. Die Arbeit, die sie verursachen, und die Kosten, ohne die es nicht abgeht, werden dadurch aufgewogen, daß sie mit ihren Eigenarten unser Leben überraschend bereichern. Gegenwärtig grasen fünf von ihnen auf der Weide, die ich von meinem Schreibtisch aus überblicke. Anderen sind wir auf unseren Reisen begegnet.

Oft werden meine Frau Anneliese und ich gefragt, welchen Nutzen wir von unseren Eselfreunden haben. Eigentlich gar keinen, zugegeben. Es sei denn, daß sie uns Freude machen. Ist das nicht viel wert?! Dabei bleiben uns auch mancherlei geradezu menschliche Züge unserer Eselfamilie nicht verborgen. Esel zu beobachten hilft auch, Menschen besser zu verstehen. Schließen auch Sie Esel, diese eigenwilligen, gutmütigen grauen Persönlichkeiten, in Ihr Herz! Sie verdienen, daß wir sie mögen und nett zu ihnen sind.

Gott liebt die Esel

Jahrtausende waren verstrichen, seit Gott die Welt mit ihren Menschen und Tieren geschaffen hatte. Da kam dem höchsten Chef eines Tages der Einfall, er müsse sich einmal vom jetzigen Zustand seines Werkes überzeugen. Das heißt, er entschloß sich, das himmlische All zu verlassen, um auf seiner Erde nach dem Rechten zu sehen.

Ja, da erlebte er – auch wenn er alles bisher aus der Ferne aufmerksam beobachtet hatte – manche Überraschung. Was war seit Adam und Eva aus den Menschen geworden! Es stimmte Gott nicht froh. Aber auch unter den Tieren hatte das friedliche Nebeneinander des Paradieses nicht lange Bestand gehabt. Da verfolgte und fraß der eine den anderen. Manche Tiere waren von den Menschen unterjocht und wurden in elender Sklaverei gehalten, die sich weder mit der so gern zitierten menschlichen noch mit tierischer Würde – die gibt es nämlich auch! – vereinbaren ließ. Konnte er, dachte Gott insgeheim, unter solchen Umständen seine gut gemeinte Schöpfung eigentlich noch als Erfolg ansehen?

Während er mit solchen düsteren Gedanken die Erde durchwanderte, gesellte sich unversehens ein Esel zu ihm, der etwas auf dem Herzen zu haben schien. Jedenfalls seufzte er so vernehmlich, daß Gott die Absicht merkte. Als der Herr ihn nun fragend anblickte, senkte der Esel zunächst demütig sein graues Haupt und legte ergeben die langen samtenen Ohren an, wie es sich dem Chef und Schöpfer gegenüber geziemte.

„Nun sprich schon“, forderte Gott ihn auf.

„Herr“, sagte der Esel bekümmert, „warum hast du eigentlich von allen Kreaturen auf dieser Erde uns Eseln die geringste Rolle zugeteilt? Kein anderes Tier hat Respekt vor uns. Wir haben weder spitze Zähne noch scharfe Krallen von dir erhalten. Deshalb können wir es uns gar nicht leisten, tapfer zu sein, sondern müssen Reißaus nehmen, wenn Gefahr droht. Uns werden seit jeher die niedrigsten Arbeiten wie das Schleppen schwerer Lasten aufgehalst.

Eine schöne Stimme wie dem Hahn oder den Vögeln hast du uns auch nicht gegeben. Aus unserem Maul kommt nur ein wenig wohllautender Schrei, den die Menschen als i – aah gedeutet haben. Immer müssen wir Esel vor dem Pferd, das als stolz und edel gilt, zurückstehen. Daher wird dem Pferd auch Hafer vorgesetzt, während wir uns mit Disteln oder Stroh begnügen müssen."

Das war eine lange Litanei, aber Gott hatte aufmerksam zugehört.

„Wenn ich dich so höre", sagte der Herr nachdenklich, „hast du nicht unrecht. Da ist wohl etwas falsch gelaufen. Aber das war nicht meine Absicht. Ich dachte, als ich euch Esel damals erfand, daß das schöne Grau eures Fells, die eleganten, pelzigen Ohren und das weiche, ausdrucksvolle Maul euch zu Lieblingen der Menschen machen müßten. Aber das hat wohl nicht ganz geklappt."

„Vergiß nicht, Herr", sagte der Esel mit einer gewissen Selbstzufriedenheit, „daß du uns auch Klugheit gegeben hast. Bestimmt sogar mehr als den Pferden. Aber das wissen die Menschen nicht, für die wir der Inbegriff der Dummheit sind. ‚Dummer Esel' ist für viele eine feste Redensart."

„Auch damit hast du recht, mein Esel", murmelte der Herr. Dabei dachte er unentwegt nach.

Geduldig wartete der Esel, zu welchem Ergebnis der Herr dabei kommen würde. Gottes Mühlen, heißt es ja, mahlen langsam . . .

„Hm", sagte dieser schließlich, „ändern kann ich euch Esel natürlich jetzt nicht mehr. Aber etwas kann ich euch nachträglich doch noch geben . . ."

„Da bin ich aber gespannt!" Erwartungsvoll hob der Esel den Kopf und ließ hoffnungsfroh seine Ohren spielen.

„Damit alle Menschen und Tiere auf einen Blick erkennen, wie sehr ich euch Esel liebe, werdet ihr von jetzt an auf eurem Rücken ein dunkles Kreuz tragen. So – siehst du!"

Damit hob er seine Hand und zeichnete mit ihr oberhalb des Eselrückens zwei Striche: einen längs und einen quer. In der Mitte berührten sich beide mit dem Zeichen des Kreuzes. In der gleichen Sekunde hatten alle Esel der ganzen Welt auf ihrem grauen Rücken ein dunkles Kreuz. Jetzt konnte niemand mehr daran zweifeln, daß diese Tiere in der Tat Gottes Lieblinge waren.

„Schlecht ist das nicht", räumte der Esel ein. „Nun müssen wir nur abwarten, ob die Menschen das begreifen. Oder ob ihnen dein Zeichen nicht viel sagen wird – wie ich fürchte."

„Das wollen wir doch nicht hoffen."

„Es wird sich zeigen." Illusionen machte sich der Esel nicht. „Ändern wird sich dadurch für uns kaum etwas. Aber ich sehe ein, daß du dein Bestes getan hast. Mit diesem Kreuz hast du uns für alle Zeiten sichtbar ausgezeichnet. Dafür werden dir alle Esel der Erde dankbar sein."

Damit senkte der Esel noch einmal seinen Kopf, wie es sich dem Chef gegenüber gehörte, und trabte davon.

Wir aber können an dem von jeder Grautier-Generation zur anderen vererbten Kreuz erkennen, daß Gott wahrhaftig die Esel liebt. Nicht weniger jedenfalls als uns Menschen, die wir mit einer solchen Gunstbezeugung von oben in absehbarer Zeit gewiß nicht rechnen können ...!

Der Tag, als Elfriede kam

Heute lebt Jutta August Tag für Tag in der Gesellschaft von 50 Eseln. So ist es kein Wunder, daß sie mit ihnen auf du und du ist. Jeder ihrer Esel und Eselinnen hat seinen Namen und ist damit unverwechselbar. Denn nur naive Gemüter glauben, daß ein Esel wie der andere aussieht. Von allen Eseln, um die sich die „Chefin" (als die alle Esel sie ansehen) kümmert, ist Elfriede ihr am liebsten. Das hat seine Gründe.

Vor einer Reihe von Jahren gab es in Jutta Augusts Umgebung nicht einen einzigen Esel. Die Nachbarn hatten wohl Kühe, Pferde, Schafe und natürlich einen Hund. Aber Esel? Kein Gedanke. Und auch wenn die beiden Augusts durchaus eine Schwäche für die grauen Langohren hatten, hatte das noch keine Folgen. Wenn man nämlich in den ersten Jahren einer Ehe irgendwo in einem kleinen ostholsteinischen Dorf lebt, hält man vielleicht Hühner oder Stallhasen und denkt eher an den eigenen zweibeinigen Nachwuchs, der sich dann auch zuverlässig einstellte.

Was tut wohl ein Mann, der seiner jungen Frau ein schönes Weihnachtsgeschenk machen will? Ganz einfach: er überlegt sich, was er selbst gern hätte. Das müßte, so war er überzeugt, auch seiner lieben Frau gefallen. Bei Juttas Mann kreisten die Gedanken um Esel.

Während also der Advent seinen üblichen Gang nahm, hielt er auf seinen beruflichen Fahrten durch das ganze Land Ausschau. Viele Esel gab es zwischen Ost- und Nordsee zwar nicht, aber wer sie sehen will, dem entgehen sie nicht. Während Jutta August bei der Weihnachtsbäckerei an alles andere als Esel dachte, hatte ihr Mann das graufellige Geschenk bereits bestellt und – gekauft. Er freute sich diebisch über die von ihm geplante Überraschung. Dabei war er sicher, daß auch seine Frau über das ungewöhnliche Geschenk begeistert sein würde.

Nun läßt sich ja ein Esel, auch wenn er als Weihnachtsgeschenk präsentiert werden soll, schlecht in buntes Weihnachtspapier verpacken. Immerhin, der Esel, der für den

Gabentisch gedacht war, trug eine schöne rote Schleife um den Hals. Die sah man freilich im Halbdunkel des anbrechenden Heiligen Abends gar nicht so recht, als Eckart August das Grautier, das er bis dahin in der Umgebung untergestellt hatte, vors Haus führte. Dort machte er die Eseldame erst einmal am Zaun fest. Schließlich dauerte es ja noch ein halbes Stündchen, bevor die Kerzen am Tannenbaum aufleuchteten. Aber Esel waren ja geduldig.

Da stand nun die junge Eselin in der immer undurchsichtigeren Dunkelheit und wunderte sich. Wenn es finster wurde, gehörte sie in den Stall. Das wußte sie jedenfalls. Da aber ein Stall für sie bisher nicht in Sicht war, wurde ihr klar, daß sie sich bemerkbar machen mußte. Anscheinend hatte man sie glatt vergessen. Wozu aber hatte man eine Stimme?

Während im Haus das August-Paar eben dabei war, die Kerzen anzuzünden und damit die Bescherung in Gang zu bringen, erklang von draußen ein durchdringender, ebenso empörter wie klagender Schrei, der überhaupt kein Ende zu nehmen schien. So etwas hatte das stille Dorf noch nie gehört. Auch Jutta August nicht.

„Was ist denn das?" fragte sie erschrocken. „Das klingt ja ganz entsetzlich!"

Ihr Mann freilich war sofort im Bilde. Sein Weihnachtsgeschenk wurde ungeduldig. Darauf war er nicht gefaßt. Eigentlich wollte er die Eselin feierlich ins Haus führen und als wichtigsten Teil der Bescherung an ihr teilnehmen lassen. Mit dieser Überraschung war es also nichts.

„Ich glaube", sagte er etwas hilflos und verlegen, „das ist dein Weihnachtsgeschenk ..."

„Ein Geschenk für mich?" An eine so geräuschvolle und unerklärliche Weihnachtsüberraschung hatte sie nicht gedacht.

„Das kann doch nicht dein Ernst sein!"

Aber was war es eigentlich? Ein Musikinstrument oder eine Sirene? Sie hatte keine Ahnung. Aber schon folgte der nächste lautstarke Ausbruch.

„Komm' doch mal mit hinaus", forderte ihr Mann sie auf.

Sie öffneten die Haustür. Ihr erster Blick fiel im Licht der Hoflampe auf einen Mann, der ihnen bekannt war. Es handelte sich um Nachbar Otto, der in seiner Feuerwehruniform in Richtung auf das Spritzenhaus vorbeigaloppierte.

„Wo brennt's denn?“ wollten die Augusts wissen.

„Keine Ahnung. Ich hab' nur die Sirene gehört. Ganz laut. Als ob es vor meinem Haus wäre.“

Damit rannte er auch schon weiter. Bei Feuer kommt es auf jede Sekunde an.

„Sirene?“ Jutta August dachte laut. Sie ahnte noch immer nicht, was auf sie zukam.

„Keine Sirene“, stellte ihr Mann richtig, der sich von den Ereignissen geradezu überrollt sah. „Es ist ein Esel. Dort steht er. Komm' nur mit!“

Nachdem die graue Lady sich solchermaßen endlich beachtet sah und merkte, daß sie in den Mittelpunkt rückte, zögerte sie nicht, durch einen neuen Schrei ihre Freude über diese günstige Wendung der Dinge auszudrücken.

Jetzt endlich begriff Jutta August.

„Du mußt verrückt sein“, brachte sie ihre weihnachtliche Bestürzung unmißverständlich zum Ausdruck.

„Verrückt? Freust du dich denn gar nicht?“

Da verstehe einer die Frauen! Er war wie vor den Kopf geschlagen, daß seine mit so viel Mühe beschaffte Überraschung nicht den erhofften Jubel auslöste.

Aber – was war das? Schon stand Jutta bei der neuen Hausgenossin, streichelte ihr zärtlich über den wolligen Kopf und ließ die seidenweich gepolsterten langen Ohren durch ihre Finger laufen. Jetzt erst begriff sie, daß es ihr Esel war. Ihr Weihnachtsesel! Wie der Esel, der gemeinsam mit dem Ochsen im Stall von Bethlehem Zeuge der Geburt des Christkindes gewesen war. „Friede auf Erden“ hatten die Engel gesungen. Damit wußte sie schon, wie sie ihren Esel nennen wollte: Elfriede!

Erleichtert ging es ihrem Mann auf, daß das neue Familienmitglied, auch wenn es vierbeinig war, sich erfolgreich durchgesetzt hatte. So verrückt war sein Geschenk wohl doch nicht gewesen. Aber er hütete sich, das auszusprechen.

„Du wirst sehen", sagte er eifrig, um sich dennoch zu rechtfertigen, „wir werden viel Spaß mit dem Esel haben. Im Sommer werden wir auf ihm durchs Dorf reiten. Er ist lammfromm."

„Reiten?" fragte Jutta gedehnt. Daran hatte sie noch gar nicht gedacht. „Meinst du wirklich?"

Ihr Zweifel beflügelte den Eifer ihres Mannes.

„Ich werd's dir zeigen. Sieh doch mal!"

Damit nahm er drei Meter hinter der Eselin Aufstellung. Er konnte sich gut erinnern, wie er in der Schule beim Turnen am Pferd mit einem kühnen Satz auf dem ledernen Möbel gesessen hatte. Hier würde ihm das ebenso gelingen. Also peilte er den grauen Rücken mit dem prallen Hinterteil an und startete. Zwei, drei Schritte und die Hände auf den Rücken des Tiers gestemmt. Bestimmt ein Kinderspiel ...

Aber mit dem wachsenden Mißtrauen der Eselin hatte er nicht gerechnet. Die war nicht nur mißmutig, weil sie in der Dunkelheit hatte warten müssen. Nein, das alles war ihr nicht geheuer. Was sollte das, hier im Freien herumzustehen, anstatt im Stall – wo war überhaupt einer? – eine leckere Mahlzeit zu erhalten? Argwöhnisch spähte sie aus den Augenwinkeln rückwärts. Was hatte der Mensch da vor? Mit ihr nicht! Sie zögerte keinen Augenblick, ihre wirksamste Waffe einzusetzen. Der Mann, der eben die Hände auf ihren Rücken stemmen wollte, sah sich völlig unvermutet von einem kräftigen Schlag ihrer zielsicher eingesetzten Hinterbeine getroffen. Weit schwang die Eselin ihre Hinterhand nach oben.

Statt auf dem Rücken der Eselin fand sich der bedauernswerte Eselschenker auf dem Boden vor seinem Haus. So bot sich ihm die überraschende Gelegenheit, das vierbeinige Geschenk von unten zu betrachten. Wenn es nur das gewesen wäre ...!

Es ließ sich nämlich nicht leugnen, daß der Schlag der gar nicht friedlichen Elfriede mit ihren Hinterbeinen ungemein schmerzhaft war. Sie hatte ihn genau zwischen Brust und Bauch getroffen. Vom Schlag auf den Solarplexus, das Sonnengeflecht, träumen auch Boxer, die auf einen raschen K.o. aus sind. Offensichtlich war die Eselin topfit.

Stöhnend rang der arme August-Ehemann nach Atem.

„Hat sie dir weh getan?" fragte überflüssigerweise Jutta auch noch.

Grimmig und mühevoll richtete er sich auf.

„Nein", keuchte er gequält. „Zärtlich gestreichelt hat mich das verdammte Biest! Das ist ja ein Teufel!"

Es war der erste und zum Glück auch einzige Augenblick, in dem er bereute, daß er seiner Jutta einen Esel geschenkt hatte. Wer kann es schon gelassen hinnehmen, sich so völlig unerwartet statt vor dem Gabentisch auf dem Pflaster vor seinem Haus wiederzufinden?!

Die Eselin freilich stand nach der überraschenden Attacke friedlich bei ihrer neuen Chefin und spielte beinahe amüsiert mit den Ohren. Je eher man sich Respekt verschaffte, um so besser!

Trotz diesem so gar nicht eingeplanten Zwischenfall wurde es doch noch ein ganz gemütlicher Weihnachtsabend. Jutta führte ihr überraschendes Geschenk am Halfter in den Stall, den ihr Mann schon heimlich vorbereitet hatte. Dort füllte sie die Raufe mit einem hohen Berg appetitlichen Heus. Damit begann für die beiden Damen, die zwei- und die vierbeinige, eine Freundschaft, um nicht zu sagen Liebe, die bis auf den heutigen Tag Bestand gehabt hat. Ja, gegen alle Erwartung war Elfriede künftig auch dem Ansinnen nicht mehr abgeneigt, daß auf ihr geritten wurde. Sie schloß auch schon bald Frieden mit dem Reitersmann, gegen den sie sich an ihrem ersten Abend so energisch gewehrt hatte.

„Seitdem", erzählt Jutta August gelegentlich, „habe ich noch manchen anderen Esel geschenkt bekommen. Inzwischen grasen nicht weniger als 50 solcher Grautiere bei uns. Sie gehören ganz selbstverständlich zu unserem Alltag. Aber keiner ist mir so unvergeßlich und steht meinem Herzen so nahe wie der erste, mein Weihnachtsesel. Das stimmt doch, nicht wahr, Elfriede?"

Dabei tätschelte sie einem hellgrauen Esel, der sich an sie schmiegte, zärtlich den Hals. Wer hätte für möglich gehalten, daß aus der ersten turbulenten Begegnung am Weihnachtsabend ein kompletter „Eselhof" wachsen würde, der inzwischen für jung und alt an der holsteinischen Ostsee zu einem beliebten Ziel geworden ist?! Schauen Sie doch in Nessendorf einfach einmal herein ...!

Wie „dumm" dürfen Esel sein?

Einen Intelligenztest für Esel gibt es, soweit ich im Bilde bin, nicht. Noch nicht. Vielleicht könnte man den einen oder anderen Zweibeiner, dessen IQ getestet wurde, getrost – um ausnahmsweise die sprichwörtliche Redensart zu gebrauchen – als „Esel" bezeichnen. Aber darum geht es nicht.

Auch unser Hausesel Kaspar, mit dem ich dieses Thema anschnitt, hielt mit seiner Meinung dazu nicht hinterm Berg. „Uns Esel als dumm zu bezeichnen, ist eine typische Menschelei. Wer als Mensch dumm ist, sehnt sich nach Gefährten. Da müssen wir Esel als Ersatz herhalten."

So ganz unrecht hatte er sicher nicht. Seit ich mit Kaspar und seiner Familie auf unserem kleinen Hof zusammenlebe, habe ich wahrhaftig von unseren Eseln noch keine „Eselei", also eine unverzeihliche Dummheit, erlebt. Bei den Menschen, denen ich in dieser Zeit begegnet bin, kam es öfters vor.

Kaspar selbst, auch wenn er nicht einmal eine Professur anstrebt (die ihm nicht minder gut anstehen würde als gewissen menschlichen „Kollegen"), hat mir für seine geistigen Fähigkeiten mehr als einmal einen Beweis geliefert. Ich brauche da nur an die Zeit zu denken, als er mit der Pferdestute Sonja Stall und Weide teilte. Um die Wiese, auf der beide grasten, hatten wir einen Elektrozaun gezogen. Wer den Draht des Zauns berührte, erhielt einen ebenso unerwarteten wie schmerzhaften elektrischen Schock. Das hatten beide – Pferd und Esel – zu ihrem Leidwesen auch erleben müssen. Aber das passierte Kaspar nur einmal. Er begriff sofort, daß mit dem unscheinbaren Draht um sein grasiges Reservat nicht zu spaßen war. Aber er stellte auch fest, daß die langen Barthaare um seine zarte Kinnpartie wie Fühler eine Vorwarnung möglich machten. Das leichte Kribbeln, das mit einer Berührung seines Bartes mit dem tückischen Draht verbunden war, verursachte keine Schmerzen. Aber es ermöglichte eine klare Unterscheidung von völlig harmlosen stromfreien Drähten mit solchen, die ihn schmerzhaft bedrohten.

Wenn wir Kaspar am Abend in seinen Stall führten, schalteten wir den Strom aus. Am Morgen aber trat er wieder in Funktion. Auch ohne Physik studiert zu haben, durchschaute Kaspar den Ablauf sehr rasch. Ihm wurde klar, daß er nur einen Augenblick abpassen mußte, in dem der Draht durch Zufall oder Versehen einmal stromlos und damit ein völlig harmloser Draht wie viele andere war. Dann nämlich würde ihm ein flinker Zugriff am Verschluß des Zauns genügen, um sich auf einen Spaziergang ins Freie, in die lockende Umgebung mit ihren Feldern und Wäldern, zu begeben. Wenn er – scheinbar träge dösend – gedankenvoll auf der Weide stand, malte er sich das Erlebnis der großen weiten Welt aus wie ein Kind, das vom Weihnachtsbaum und den Geschenken darunter träumt. Eines Tages würde es soweit sein ...

Es erforderte nur Geduld, und die hatte er. Viele, viele Tage – hundert oder mehr – warnte ihn das Kribbeln in seinen Barthaaren vor jeder übereilten Handlung. Bis tatsächlich eines schönen Morgens das längst vertraute Bartgefühl ausblieb. Nichts kribbelte! Der große Augenblick war gekommen. Den Haken zu öffnen, der den Zaun verschloß, war nur noch eine Kleinigkeit. Schon stürmten sie ins Freie. Kaspar zuerst und hinter ihm als Gefährtin Sonja. Unsere leere Weide und der geöffnete Zugang verrieten uns im Lauf des Vormittags, was geschehen war. An diesem Tag hatte auch unser Weidezaun Urlaub ... Es wurde schon dunkel, als die beiden ohne jedes schlechte Gewissen zurückkehrten.

Ja, so war das damals. Kaspar schien meine Gedankengänge zu erraten. „Weißt du noch, Chef", fragte er und spielte vergnügt mit seinen langen Ohren, „als ich den Weidezaun knackte?"

Und ob ich mich erinnerte! Auch wenn das schon ein paar Jahre zurücklag.

„Ich möchte wetten", sagte ich, „du hast den ganzen

Schabernack nur angestellt, um der Sonja zu imponieren."

Kaspar zog die Oberlippe hoch, so daß der Blick auf seine Zähne den Eindruck erweckte, als ob er lachte.

„Man darf die Pferde nie im Zweifel darüber sein lassen, daß sie es an Intelligenz mit uns Eseln nie und nimmer aufnehmen können. Habe ich nicht recht?"

Ich widersprach nicht. Denn dabei fiel mir ein, wie schon Kaspars Mutter Susanne uns seinerzeit zum Narren gehalten hatte. Damals erfuhren wir zum ersten Mal, wie schlau Esel sein können.

Als ein Tierhändler Susanne auf unseren Hof brachte und Anneliese und mich zum Kauf des Grautiers überreden wollte, war sie nicht in bester Form. Ihr struppiges Fell sah erbärmlich aus und stank abstoßend. Er habe sie, erklärte der Händler, der unsere abweisenden Mienen richtig deutete, aus einem Schweinestall geholt, wo sie ihre Jugend zugebracht hatte. Zu allem Überfluß löste sich auch noch aus ihrer Brust ein rasselnder Husten, der mit einem keuchenden Pfeiflaut endete.

„Mein Gott", reagierte Anneliese entsetzt, „krank ist sie ja auch noch."

„Das hat nichts zu sagen", meinte der Händler ungerührt, „den Husten ist sie im Nu los, wenn sie erst mal in einem ordentlichen Stall steht."

So sicher war ich da nicht. Aber mir dämmerte, daß dieses klägliche Jammerbild eines Esels Annelieses Mitleid zu erregen begann. Das aber bedeutete ...

Ja, natürlich kauften wir Susanne. Wir konnten sie in ihrem Elend doch nicht allein verkommen lassen.

Unser erster Weg führte in eine Apotheke. Hier kauften wir die größte Flasche Hustensaft, die am Lager war. Die gossen wir in den Eimer mit ihrem Trinkwasser. Überrascht schnupperte Susanne und schlürfte die süßliche Flüssigkeit, als ob sie Zeit ihres Lebens Hustensaft genossen hatte. Der Eimer war im Nu leer.

Aber die richtige Medizin hatten wir wohl doch nicht erwischt. Denn obwohl der ersten Flasche zur Freude des Apothekers längst eine zweite, dritte und vierte gefolgt waren, besserte sich Susannes Husten um keinen Deut. Wann immer wir in der Nähe ihres Stalles auftauchten, was ihr nicht verborgen blieb, tönte uns das vertraute rasselnde Geräusch ihrer gequälten Bronchien entgegen.

„So geht das nicht weiter", folgerte Anneliese. „Der Tierarzt muß kommen."

Aber ich widersprach. Mir war da etwas eingefallen.

„Laß uns noch zwei Tage warten."

Die Flasche mit dem Hustensaft – es war nun schon die elfte – war leer. Aber eine neue kaufte ich nicht. Nur noch klares Wasser füllte ich in ihren Eimer.

Als Susannes feine Zunge das beim ersten Schluck bemerkte, hob sie den Kopf. Ihr vorwurfsvoller Blick sprach Bände. Demonstrativ rang sie sich noch einmal ein gepeinigtes Husten ab. Ihre Augen schienen zu sagen: „Wollt ihr mich wirklich an dem entsetzlichen Husten zugrunde gehen lassen?!"

Aber das rührte mich überhaupt nicht. Als auch künftig ihr Eimer Wasser, nichts als Wasser, enthielt, nicht mehr süß und nicht mehr duftend, war ihr klar, daß der Alltag eingekehrt war. Husten brachte nichts mehr. Also verzichtete sie darauf. Jetzt und für die Zukunft.

Enttäuscht war nicht minder der Apotheker, der sich eben einen Container mit Hustensaftflaschen hatte kommen lassen. So gute Kunden wie uns fand er so schnell nicht wieder.

Als unsere Eselin Kathinka wieder einmal in anderen Umständen war und ihrer baldigen Niederkunft entgegensah, stand uns eine Reise ins Haus. Hoffentlich würde sich die werdende Mutter beeilen, um den Vorgang noch vor unserer Abreise zur beiderseitigen Zufriedenheit abzuwickeln. Man fährt ja ungern in die weite Welt, wenn im heimischen Stall Nachwuchs auf der Matte steht ...

Aber nein – sie tat uns den Gefallen nicht. Also legten wir unseren Hofverwaltern Kathinka ans Herz. Nicht ohne zu erwähnen, daß die Geburt eines kleinen Esels von der Stute durchweg im Do-it-yourself-Verfahren abgewickelt wird. Und das meist in der Nacht, so daß am Morgen ein klitzekleiner Esel sich kregel zur Stelle meldet. Mit der Fähigkeit zu laufen, springen und – last not least – zu trinken. Es ist nicht übertrieben, ein solches Eselbaby – allen Lämmchen, Zickchen oder Pferdefohlen zum Trotz – als eine besonders anmutige Erscheinung der Schöpfung anzusehen.

So waren unsere Hofverwalter denn auch nicht besorgt, sondern freuten sich von Herzen, als erste den kleinen Esel begrüßen zu können. Es konnte sich, nach Kathinkas Leibesfülle zu urteilen, höchstens noch um Tage handeln. Jeden Morgen suchten unsere Stellverteter erwartungsvoll den Stall auf. Jeden Morgen vergebens.

Telefonate, die zwischen ihnen und uns hin und her gingen, brachten keinerlei neue Erkenntnisse. Die Geburt war überfällig. Aber Kathinka dachte nicht daran. Sie wehrte sich sozusagen mit aller Entschiedenheit dagegen, das Glanzstück ihres Innenlebens von sich zu geben, solange Chef und Chefin außer Hause waren. Denn für das Vergnügen von Fremden konnte man den Nachwuchs ja nicht zur Schau stellen. Also behielt man es lieber für sich.

Als unsere Reise vorüber war und wir eines Abends wieder auf unseren Hof rollten, standen unsere Stellvertreter mit bedauerndem Achselzucken bereits zur Abfahrt bereit. „Kein Eselbaby, leider." Beinahe hatten sie ein schlechtes Gewissen, daß sie uns das lange erwartete vierbeinige Präsent nicht vorweisen konnten.

Kathinka aber ließ, kaum daß wir den Wagen verlassen hatten, einen Begrüßungsruf erklingen, wie wir ihn von ihr noch nie gehört hatten. Als Anneliese nach ihr schaute, legte die sonst so spröde und abweisende Eseldame dankbar und erleichtert ihren grauschwarzen Kopf an Annelieses Schulter und ließ sich streicheln.

„Du wirst sehen", sagte ich, „diese Nacht ist die Geburt fällig." Vater Kaspar, der die Szene aufmerksam beobachtete, schien mit dem Kopf zu nicken. Die ganze Familie war erleichtert, daß ihre Menschen zurück waren.

Am nächsten Morgen stand neben Kathinka ein Eselkind im Stall, das besonders groß, besonders schön und besonders lebhaft war. Als ob es eigentlich schon einige Zeit früher „fertig gebacken“ gewesen war. Aber Kathinkas Vorsicht und Voraussicht hatten den „dummen Esel“ veranlaßt, die Geburt ihrer Steffi so lange aufzuschieben, bis wir zurückgekehrt waren. Man kann ja nie wissen . . .

Kurzum: Esel sind klüger, als viele Menschen – denken. Basta!

Verzeihlicher Seitensprung

Der Hof, auf dem Arthur mit seiner Familie lebte, war weder groß noch klein. Jedenfalls aber bot er mit seinen satten Wiesen hinreichend Raum, daß alle sich rundum wohlfühlen konnten. Das waren, außer Arthur selbst, seine Frau Nora und ein hoffnungsvoller Sprößling, der vom Äußeren her seinen Eltern wie aus dem Gesicht geschnitten war.

Für Sorgen bestand kein Anlaß. Nahrung war ausreichend vorhanden. Ein Dach überm Kopf hatten sie auch. Also konnten sie eigentlich glücklich und zufrieden leben, sozusagen wie der sprichwörtliche „Mops im Paletot". Wenn da nicht eines Tages ein Besucher auf den Hof gekommen wäre, der zu Unruhe und Befürchtungen Anlaß gab.

Denn der seltsame Gast schien vom ganzen Hof nur Arthur und seine Familie zu beachten. Die grasten wie üblich geruhsam auf der Weide. Wie es Esel eben so tun. Aber zugleich mit neugieriger Aufmerksamkeit gegenüber allem, was sich in ihrer Umgebung abspielte. So ließen sie auch den merkwürdigen Besucher nicht aus den Augen. Vor allem Arthur, der ja die Verantwortung für alle drei hatte, ließ seine Ohren spielen, damit ihm ja keines der Worte entginge, die schon bald zu hören waren. Handelte es sich bei dem Fremden lediglich um einen liebenswerten Esel-Freund, wie sie dann und wann hereinschauten, oder war das jemand, der es auf Arthur und seine Familie abgesehen hatte? Man konnte nicht mißtrauisch genug sein. Jedenfalls fühlte Arthur sich einigermaßen beunruhigt.

Am Rand der Weide waren sein Chef, dem der Hof gehörte, und der Fremde in ein lebhaftes Gespräch verwickelt. Dabei war nicht zu übersehen, daß ihre Blicke sich immer wieder auf ihn richteten. Nun ja, wer hat es nicht gern, wenn er Beachtung findet?! Arthur war sich bewußt, daß er den Vergleich mit anderen Vertretern seiner Art nicht zu scheuen brauchte. Das satte Grau seines Fells schmückte ihn ebenso markant wie das schwarze Kreuz, das sich kerzengerade über seinen Rücken zog und mit seinen Querbalken bis zum Bauch reichte. Es bestätigte, daß er ein artgerechter, respektabler Esel war, der sich überall sehen lassen konnte. Aber konnte die Aufmerksamkeit, die er offensichtlich weckte, nicht mehr bedeuten als freundliche Sympathie? Darüber dachte Arthur, als der Besuch schon längst wieder verschwunden war, angespannt und gründlich nach. Sogar das Fressen vergaß er dabei. Das wollte schon etwas heißen. Irgend etwas an dem ganzen Vorgang wollte ihm nicht gefallen. Die Unruhe ließ ihn nicht los.

Sogar mit Recht. Denn es waren keine drei Tage vergangen, als der fremde Besucher erneut auftauchte. Diesmal allerdings hing an dem Wagen, mit dem er auf den Hof fuhr, ein Behälter mit Rädern, der Arthur nicht unbekannt war. In ihm wurden Tiere transportiert. Sie verschwanden in dem viereckigen Kasten. Dann sah man sie nie wieder. Auch Nora, seine Gemahlin, war vor zwei Jahren in einem solchen Anhänger unversehens aufgetaucht und zu ihm auf die Weide gekommen, die er bis dahin ganz allein bewohnt hatte. Also, folgerte Arthur, konnten sich mit dem fahrbaren Kasten auch angenehme Erlebnisse verbinden. Denn wer sollte es nicht schätzen, wenn plötzlich eine so reizende Gefährtin ihr Dasein mit ihm teilte?! Vom ersten Augenblick ihres Kommens an war Arthur in sie verliebt gewesen. Daran hatte sich bis heute auch nichts geändert. Der kleine Eseljunge, den die Menschen Bimbo getauft hatten, war das sichtbare Ergebnis seiner Zuneigung geworden.

Nie hätte es Arthur für möglich gehalten, daß sich an diesem Zusammenleben je etwas ändern könnte. Seine Welt, die er liebte und in der er sich wohl fühlte, konnte doch nicht einfach zerbrechen. Aber jetzt war der rollende Kasten wieder auf den Hof gekommen. Was hatte das zu bedeuten? Eine quälende Angst überfiel ihn. Für wen war das Gefährt bestimmt? Für ihn selbst oder für ein Mitglied seiner Familie? Wohin konnte die Fahrt führen? Er hatte alle Mühe, trotz solcher besorgter Gedanken seine Ohren steif zu halten.

Lange Zeit zum Nachdenken blieb ihm ohnehin nicht. Das Halfter, mit dem der Chef jetzt auf die Weide kam, war ohne Zweifel für ihn bestimmt. Er also sollte fort. Mußte sich von einem Augenblick zum anderen von Nora und dem Kleinen trennen, obwohl die beiden, die die Gefahr wohl ahnten, sich dicht an ihn drängten. Aber es half nichts. Es blieb Arthur nichts anderes übrig, als Haltung zu bewahren. Ob er seine Lieben je wiedersehen würde? Schon schlang sich das Halfter um seinen Kopf. Nach Eselart begehrte er nicht auf, sondern duldete ergeben, was doch nicht zu vermeiden war. Ohne Widerstand stieg er über eine schräge Klappe in den unheimlichen Wagen, dessen dumpfe Gerüche ihn ängstigten.

Wenige Minuten später rollten Wagen und Anhänger vom Hof. Ein lauter, trostloser Ruf der Verzweiflung war alles, was Nora noch von ihm vernahm.

Länger als eine halbe Stunde dauerte die Fahrt ins Ungewisse nicht. Arthurs erster Blick, als er die Schräge hinabtappte, fiel auf ein reetgedecktes Haus, an das sich eine üppige Weide anschloß. Wäre nicht die jähe Trennung von seiner Familie gewesen, hätte Arthur eigentlich ganz zufrieden sein können. Jetzt führte der Mann, der den Wagen hierher gesteuert hatte, ihn in sein neues Zuhause.

„So, mein Junge“, sagte er freundlich, „jetzt mach’ dich erst einmal mit Susanne bekannt!“ Damit klopfte er Arthur wohlwollend auf die pralle Hinterseite und ließ das Halfter los.

Susanne? Wer war das denn nun? Aber ehe Arthur darüber nachdenken konnte, traf ein Duft seine witternden Nüstern, der ihm nicht unbekannt war. Vor ihm auf der Weide trabte eine zierliche Eseldame heran. Als sie ihn erblickte, stoppte sie ab. Arthur begann zu begreifen. War das der Grund, daß er hierher gebracht worden war? Arthur wußte kaum, wie ihm geschah. Gut sah sie ja aus, diese – wie hatte der Mann sie genannt? – Susanne. Aber er war ja ein Ehemann und mußte sich an Nora und den kleinen Bimbo gebunden fühlen. Das war eine peinliche Situation. So tat er so gleichgültig, als ob er das hübsche Eselding gar nicht bemerkte. Erst einmal probieren, wie das Gras hier schmeckte...!

Nun, Susanne wäre keine gewiefte, von ihren Vorzügen überzeugte junge Eselin gewesen, wenn sie es nicht darauf angelegt hätte, diesen tumben Eselhengst zu verführen. Immer wieder ließ sie ihn sehen, was für schön geschwungene Hinterschinken sie besaß, die nur auf seine Annäherung warteten. Aber der hatte offensichtlich Hemmungen. Als ob sie von einer ansteckenden Krankheit befallen wäre, hielt sich Arthur in gebührendem Abstand von ihr.

Aber, um es nicht zu verschweigen, der wurde von Tag zu Tag kleiner. Arthur war hin und her gerissen. Er war sich durchaus bewußt, daß Nora auf seine Treue Anspruch hatte. Aber da schlich sich in seine Überlegungen auch die lockende Versuchung, daß „zu Hause" ja niemand – weder Nora noch Bimbo – etwas erfahren würde, wenn er nicht standhaft blieb. Wer weiß, ob und wann er überhaupt wieder zurückkehren konnte. Bis dahin aber war so eine Eskapade längst vergessen. So kam es nicht ganz unerwartet, wie es in ähnlichen Fällen nahe liegt, daß die leibhaftig anwesende Verführung stärker war als das – unbestritten bei Arthur vorhandene – Gefühl, damit Unrecht zu tun. Susanne machte ihm deutlich genug, daß sie seine Annäherung nicht nur dulden, sondern dankbar begrüßen würde. Also – worauf da noch warten?

Daß zu allem Überfluß Arthur nach der vollzogenen Liebesbezeugung von Susannes Chef auch noch gelobt und mit einer Handvoll saftiger Möhren belohnt wurde, ließ seine Schwachheit gegenüber der Versuchung noch in besserem Licht erscheinen. Nichts also sprach dagegen, den einmal gehabten Genuß in den nächsten Tagen zu wiederholen...

Vier Wochen waren schließlich vergangen, in denen Arthur die Weide mit Susanne geteilt hatte. So blieb es nicht aus, daß sich das Bild der fernen Nora zu verwischen begann. Die greifbare Realität wurde allmählich stärker. Bis eines Tages Arthur – überrascht, bestürzt, erfreut – Susannes Chef mit dem fahrbaren Kasten auftauchen sah. Er begriff, was das bedeutete. Nachdem er Susannes Liebeslust befriedigt hatte, war für ihn hier kein Platz mehr. War es wirklich denkbar, daß er – als ob nichts geschehen wäre – zu Nora und Bimbo auf seine einstige Weide zurückkehren könnte? Plötzlich wurde ihm ganz warm ums Herz. Susanne hin – Susanne her: die Sehnsucht nach Nora behielt die Oberhand.

Dennoch begleiteten ihn ein wenig gemischte Gefühle, als er den schrägen Steg in den Transportbehälter hinaufstieg. Diesmal war es Susanne, die ihm mit bedauerndem Blick nachschaute. Aber sie ahnte, nein, wußte sogar, daß die Erinnerung an Arthur in rund einem Jahr mit einem allerliebsten, possierlichen Eselbaby wieder ganz lebendig sein würde.

Auch dieses Mal dauerte die Fahrt nicht länger als eine halbe Stunde. Ungeduldig und unruhig blickte Arthur seinem Zuhause entgegen. Sicher war der kleine Bimbo inzwischen mächtig gewachsen. Sicher würde Nora jubeln, daß er heimkam. Nun konnte das vertraute Leben seinen Fortgang nehmen, als ob nichts geschehen wäre.

So sah es im ersten Augenblick wahrhaftig auch aus. Fröhlich rufend sprang der kleine Bimbo auf ihn zu. Also hatte er seinen Vater nicht vergessen.

Etwas verlegen näherte sich Arthur seiner Nora. Konnte es sein, daß etwas zwischen ihnen stand? Zögernd kam Nora ihm entgegen. Dabei entging ihr freilich nicht, daß ihr Arthur einen gewissen Duft an sich hatte, der ihr fremd war. Prüfend ließ sie die Luft durch ihre Nüstern ziehen. Nein, er roch nicht wie vorher, sondern – unüberriechbar – nach einer fremden Eselin. War es möglich, daß der treulose Schuft seine Abwesenheit benützt hatte, um sich mit einer anderen zu verlustieren? Dabei hatte sie hier geduldig und sehnsuchtsvoll auf seine Rückkehr gewartet?! Er aber ...

Mißtrauisch musterte sie ihn. Tatsächlich – das schlechte Gewissen war ihm ja von Maul und Ohren abzulesen. Kein Zweifel – er roch nach einer fremden Eselfrau. Böse legte sie ihre langen Ohren zurück.

Noch ahnte Arthur nicht, was in ihr vorging. Erwartungsvoll trat er näher an sie heran. Da konnte sie ihre Empörung und abgrundtiefe Verachtung nicht mehr bezähmen. Sie wandte sich ab, ließ ihn ihre pralle Rückseite sehen und trat mit ihren kräftig ausschlagenden Hinterbeinen nach ihm. Der sollte sich unterstehen, ihr nahezukommen. Mit dem war sie fertig. Der arme Arthur wußte nicht, wie ihm geschah. Das heißt, er begriff natürlich sehr gut, was er sich da eingebrockt hatte. Woher sie nur Bescheid wußte ...?!

Ein paar Tage verstrichen, in denen Nora sich jede noch so vorsichtige Annäherung mit geschwungenen Hinterbeinen und harten Hufen verbat. Freilich entging ihr auch nicht, daß er die leckersten Bissen auf der Weide für sie stehen ließ und ihr diese oder jene appetitliche Distel zuschob. Leugnen ließ sich ja auch nicht, daß er dem kleinen Bimbo ein liebevoller Vater war, der sich geduldig von ihm zausen und knuffen ließ. Immer wieder rannte der Kleine zwischen ihnen beiden hin und her, weil er gar nicht begreifen konnte, warum sie sich nicht näher kamen.

Schließlich, kam es Nora in den Sinn, durfte man ja auch nicht vergessen, wie raffiniert es so manche liebestolle Eselin anstellte, um einen Hengst – wie ihren schmucken Arthur – gefügig zu machen. Vielleicht war er gar nicht allein schuld, und es hatten ihn nur gewisse äußere Umstände auf krumme Gedanken und – was sich nicht leugnen ließ – solche Handlungen kommen lassen. Kurzum – mit jeder Woche, die verging, nahm auch ihre Empörung ab. Und eines schönen Tages ...

Aber schweigen wir davon. Jedenfalls hatte nach Susanne auch Nora bald das untrügliche Gefühl, daß Arthur in einem Jahr nach Bimbo mit einem neuen klitzekleinen Eselchen ihre gemeinsame Nachkommenschaft erfreulich bereichert haben würde. Wer kann da noch an einen wahrhaftig ungewollten und daher verzeihlichen Seitensprung denken?

Ein Mensch als Esel

(Eine nicht ganz glaubhafte Geschichte ...)

Möchten Sie, geschätzter Leser, und Sie, liebe Leserin, wohl ein Esel sein? Bei aller Liebe oder wenigstens Sympathie für diese Tiere wird wohl niemand so leichtfertig sein, die Frage zu bejahen. Aber manchmal kann die Verwandlung eines Menschen in einen Esel schneller geschehen, als man denkt. Danach aber ist es schwierig, Eselsgestalt und Eselfell wieder loszuwerden. Bei manchen Eseln, denen ich begegne, frage ich mich daher, ob der seelenvolle Blick und der jammervolle Schrei eines Esels nicht anzeigen könnte, daß es sich bei ihm in Wahrheit um einen verhexten Menschen handelt.

Verhext – das ist das richtige Wort. Denn mit Hexen muß man vorsichtig sein. Daran hat sich seit dem Mittelalter bis heute nichts geändert. Zwar mag mancher schwer geprüfte Ehemann heutzutage seine nicht ganz umgängliche Schwiegermutter insgeheim als „Hexe" bezeichnen, weiß aber auch, daß sie sich schlimmstenfalls wie eine Hexe aufführt, natürlich in Wahrheit gar keine ist. Ein Fall für sich sind die sogenannten „blonden Hexen", deren Reize schon manchen starken Mann so verhext haben, daß er seinen Verstand verlor. Wenn aber eine blonde Hexe nicht nur eine Redensart, sondern überdies tatsächlich eine richtige Hexe ist, muß sich ein Mann auf alles gefaßt machen.

Davon kann ein gewisser Gotthold Benkert – wenn er so hieß – ein Lied singen. Als er nämlich die bildschöne, blonde Marianne heiratete, konnte er nicht ahnen, daß seine Frau und obendrein seine Schwiegermutter insgeheim Hexen waren. Aber als wieder einmal die Walpurgisnacht bevorstand, in der bekanntlich alle Hexen durch die Lüfte zum Brocken ziehen, schickten Marianne und ihre Mutter entgegen aller sonstigen Gepflogenheit den guten Gotthold so nachdrücklich in die nächste Schenke, daß dieser Verdacht schöpfte. Was steckte dahinter? Sonst wetterten doch beide gemeinsam, wenn er vielleicht einmal im Monat ins Wirtshaus gehen wollte.

Sein Argwohn war geweckt. Ob seine Marianne möglicherweise in seiner Abwesenheit einen Liebhaber empfangen wollte? Der Gedanke war ihm ganz unerträglich. Denn er liebte sie ja wirklich. Also schlich er sich, nachdem er scheinbar bereitwillig den Weg zur Schenke eingeschlagen hatte, wieder ins Haus zurück und versteckte sich.

Da fiel es ihm wie Schuppen von den Augen. Nein, von einem Liebhaber war keine Rede. Zum Glück. Dafür aber mußte er mit ansehen, daß die beiden Frauen sich mit einem Besen auf den Dachboden begaben. Dort tranken sie aus einem gefüllten Glas ein paar Schlucke. Das reichte aus, daß sie sich, auf ihrem Besen reitend, durch den Schornstein in die Lüfte erhoben. Im Nu waren sie verschwunden. Gotthold begriff, daß sie als Hexen ihre alljährliche Reise zum Brocken angetreten hatten. Das wollte er genauer wissen. Also griff er zu dem Glas, das stehengeblieben war. Sein Inhalt duftete lockend. Kaum hatte er ein paar kräftige Schlucke genommen, als er auch schon in Ohnmacht fiel. Der Hexenwein war wohl zu stark für ihn.

Als er wieder erwachte, befand er sich auf dem Gipfel des Brockens inmitten einer beinahe übersehbaren Schar von Hexen jeder Gestalt und jeden Alters. Sogar seine Marianne und ihre Mutter konnte er erspähen. Aber ehe er sich ihnen nähern und sie zur Rede stellen konnte, fiel einigen Hexen auf, daß er sich als Mann heimlich unter sie geschmuggelt hatte. Mit ihren Besenstielen schlugen sie ihm so kräftig auf den Kopf, daß er abermals das Bewußtsein verlor.

Als er schließlich wieder zu sich kam, war der Brockengipfel leer. Denn inzwischen war Mitternacht vorüber. Alle Hexen hatten sich durch die Lüfte wieder auf den Heimweg gemacht. Der arme Gotthold freilich hatte keinen Hexentrank mehr, der ihm zu einer Luftfahrt nach Hause verholfen hätte. So mußte er notgedrungen den steilen Weg vom Brocken abwärts und weiter durch den Harz bis in sein fernes Heimatdorf zu Fuß zurücklegen.

Hier empfingen ihn, als er erschöpft endlich angelangt war, Frau und Schwiegermutter mit heftigen Vorwürfen.

„Wo hast du dich denn herumgetrieben?“ wollten sie wissen. „Hat die Kneipe dich nicht losgelassen?“ Aber da kamen sie bei ihm an den Falschen.

„Nachgeflogen bin ich euch“, widersprach er. „Bis auf den Brocken. Jetzt weiß ich, daß ihr Hexen seid!“

„Was redest du da für Unsinn“, wehrte sich die Schwiegermutter, die ihr Geheimnis entdeckt sah. Als Hexe konnte sie vor Gericht gestellt und zum Tode verurteilt werden. „Wer weiß, was du im Rausch geträumt hast.“

Seine liebste Marianne aber, die nicht weniger bestürzt war, warf ihm sogar an den Kopf: „Du bist doch ein rechter Esel!“

Diese Worte aus dem Mund einer Hexe genügten, um den armen Gotthold tatsächlich in einen Esel zu verwandeln. Von einem Augenblick zum anderen war aus Gotthold Benkert ein richtiger Esel geworden. Sogar ein ganz hübscher. Das graue Fell stand ihm ausgezeichnet. Auf ihm zog sich das schwarze Kreuz hin, das einen echten Esel kennzeichnet. Sein Kopf wirkte ausdrucksvoll. Aus ihm ragten seine von weichem Pelz bedeckten Ohren geradezu elegant hervor. Auch sein Schwanz wies eine gefällige Quaste auf und pendelte lässig vor sich hin.

Der fassungslose Gotthold konnte gar nicht begreifen, wie er plötzlich zu vier Beinen gekommen war. Alles verlief so blitzschnell. Ratlos trippelte er im Zimmer herum.

„Raus aus der guten Stube, du Esel!“ schrie ihn die Hexen-Schwiegermutter an und griff auch schon zu einem Stock, um ihn hinauszuprügeln. Sie war nämlich richtig froh, daß sie ihre Tochter nun wieder ganz allein für sich hatte. Marianne aber, mit einem Schlag zur Ehefrau eines Esels geworden, starrte ungläubig auf das Grautier, in das doch ihre eigenen frechen Worte ihren lieben Mann verwandelt hatten.

Da stand nun der Esel Gotthold auf der Dorfstraße. Was sollte er jetzt anfangen? Wie ließ es sich als Esel eigentlich leben? Denn sein inneres Wesen war das eines Menschen geblieben. Nur äußerlich hatte er die Gestalt eines Esels angenommen. Hand aufs Herz, liebe Leserin und lieber Leser, was hätten Sie wohl in dieser Lage gemacht?

Vielleicht sagen Sie: „Ich wäre einfach zum ‚Eselhof' nach Nessendorf gegangen. Dort hätte man mich erfreut begrüßt und gut versorgt." Das kann schon sein. Aber so einfach lagen die Dinge nicht. Damals nämlich gab es weder in Nessendorf noch in Bad Grund einen Eselhof. Esel galten dazumal lediglich als arbeitsame Lasttiere, die sich ihr karges Brot mühsam verdienen mußten.

Gotthold jedenfalls blieb nichts anderes übrig, als klägliche Schreie auszustoßen, die noch jämmerlicher klangen, als es gewöhnlich bei Eseln der Fall ist. Noch einen letzten verzweifelten Blick warf er auf sein bisheriges Zuhause, aus dem ihn die Worte seiner Frau vertrieben hatten. Dann trollte er sich ergeben die Dorfstraße entlang.

Da fiel auch schon der Blick eines Bauern auf ihn. Hatte dieser stattliche Esel etwa keinen Besitzer? So günstig konnte er nicht wieder zu einem Grautier kommen, das ihm seine Lasten abnahm. Natürlich hatte er keine Ahnung, daß sich unter dem grauen Fell in Wahrheit ein Mensch verbarg. So trieb er Gotthold kurzerhand in seinen Stall.

Dort schüttete er dem heimatlosen Esel mitleidig eine gute Portion Heu vors Maul. Das war freilich eine Kost, an die Gotthold nicht gewöhnt war. Unwillig wandte er sich ab. Das war dem Bauern wahrhaftig noch nicht vorgekommen, daß ein Esel nicht fressen wollte. Da stimmte doch etwas nicht. War das Tier möglicherweise krank? Das konnte nur Unannehmlichkeiten geben. Hatte Gotthold schon gehofft, wenigstens ein Dach überm Kopf zu haben, wurde er jetzt mit ärgerlichen Schlägen wieder auf die Straße getrieben.

Jetzt war guter Rat teuer. Ziellos irrte der verhexte Eselmann durch die Gegend und beklagte sein trauriges Geschick. Da er am Waldrand allenfalls ein paar Beeren fand und an der Landstraße nur einige saure Äpfel, plagte ihn schon bald ein ständig zunehmender Hunger. Wie sollte er sein elendes Schicksal überstehen? Offensichtlich gingen ihm alle Fähigkeiten ab, ein Leben als Esel zu führen. Wenn er zum Schlafen bei Wind und Wetter ein trockenes Plätzchen am Rand einer Wiese aufgesucht hatte, dachte er sehnsüchtig an sein warmes Bett und natürlich seine Marianne neben ihm. Als Esel mußte er wohl oder übel auf solche Freuden verzichten. Ob er wohl jemals wieder ein Mensch werden würde?

Kein Wunder, daß es ihn nach ein paar Tagen – oder waren es sogar schon Wochen? – in seiner Not wieder vor das Haus trieb, aus dem Marianne und ihre Mutter ihn gejagt hatten. Hier vermißte Gottholds Frau ihren Mann freilich ebenso wie er sie. Ganz verzweifelt war sie über das Schicksal, das sie ihm mit ihren Hexenkünsten bereitet hatte.

Als sie ihn nun so unverhofft vor dem Haus stehen sah, ein wahres Bild des Jammers, die schönen Ohren kläglich herabhängend, trat sie zu ihm.

„Mein lieber Mann", sagte sie liebevoll und streichelte dabei sein struppiges Fell, „ich weiß, daß ich dir etwas Schlimmes angetan habe. Aber vielleicht kann ich dir helfen, daß du bald wieder ein Mensch wirst und zu mir zurückkehren kannst."

Da richteten sich die langen Ohren Gottholds hoffnungsvoll auf. Gespannt lauschte er, was sie ihm zu raten hatte. Als Hexe wußte sie ja mit vielerlei Tricks und Kniffen trefflich Bescheid.

„Morgen", verriet sie ihm, „soll in der Kirche ein Kind getauft werden. Dann warte davor so lange, bis der Küster das Taufwasser vor der Kirchentür ausgießen wird. Paß gut auf, daß er dieses Wasser über deinen Rücken schüttet."

„Das soll genügen?" So einfach hatte Gotthold sich das gar nicht vorgestellt.

„Ja", bestätigte Marianne. „Mehr ist nicht nötig, damit du wieder zum Menschen wirst."

Das ließ Gotthold endlich wieder hoffen, zumal ihm seine Marianne noch einen schönen Kanten Brot gegen den ärgsten Hunger ins Maul geschoben hatte. Solche Hausmannskost hatte er lange entbehrt.

Verständlicherweise konnte er es kaum erwarten, bis am nächsten Tag die Glocken zur Taufe riefen. Pünktlich stellte er sich ein. Niemand achtete auf den Esel, der vor der Kirchentür herumlungerte.

Der Küster freilich war regelrecht sauer, als er mit dem Kübel voller Taufwasser aus der Kirche trat und der Esel sich ihm in den Weg stellte. So sehr er sich auch drehte und wendete – dem lästigen Esel entkam er nicht.

„Blödes Vieh", schrie der Küster schließlich wütend, „zieh doch endlich Leine, damit ich das Wasser los werde."

Als aber auch daraufhin der Esel gar nicht daran dachte, den Weg freizugeben, blieb dem ärgerlichen Küster gar nichts anderes übrig, als das Wasser dem Tier kurzerhand über den Rücken zu schütten.

„Geschieht dir recht", knurrte er und kehrte in die Kirche zurück.

Gotthold aber durchzuckte es wie ein Schlag. Da fiel das Fell von ihm ab. Da hatte er plötzlich wieder zwei Beine. Da besaß er Kopf und Gesicht eines Menschen.

Als der Küster an der Kirchenpforte noch einmal zurückblickte, traute er seinen Augen nicht. Statt des Esels, den er eben noch deutlich greifbar vor sich gesehen hatte, stand da ein leibhaftiger Mensch. Den kannte er sogar.

„Gotthold, Mann", stotterte er ratlos, „wo ist der Esel hin? Wie kommst du hierher? Wie kann das nur angehen?"

Aber eine Antwort erhielt er nicht. Denn mit Windeseile raste Gotthold nach Hause zurück, wo seine Marianne ihn schon ungeduldig erwartet hatte. Hoffentlich ging nichts schief . . .!

Da aber war Gotthold schon bei ihr. Ehe er freilich mit ihr ins Haus trat, mußte sie ihm versprechen, daß sie ihre Hexenkünste für alle Zeiten aufgab. Denn das hätte noch gefehlt, daß sie ihn bei nächster Gelegenheit, wenn sie einmal mit ihm ärgerlich war, wieder zum Esel gemacht hätte. Davon hatte er ein für allemal genug.

Auch mußte sich die Schwiegermutter eine andere Wohnung suchen. Mit Hexen wollte Gottlob unter keinen Umständen mehr zu tun haben. Einmal ein Esel gewesen zu sein, reichte ihm aus. So lebte er künftig mit seiner Marianne glücklich und zufrieden. Und wenn sie nicht gestorben sind … – aber das wissen Sie ja bestimmt.

Damit übrigens die Geschichte wenigstens eine Moral hat, vergaßen Marianne und Gotthold künftig nie, wenn sie im Dorf oder unterwegs einem Esel begegneten, diesem etwas Leckeres ins Maul zu schieben.

Ein Stück Brot vielleicht. Oder eine Karotte. Auch einen Apfel. Es gibt mancherlei, womit man einem Esel eine Freude machen kann. Das, liebe Leserin und lieber Leser, sollten Sie künftig auch tun. Wer weiß, ob nicht unter dem Eselsfell rein zufällig mal wieder ein Mensch steckt …!

Ein Esel erhebt Ansprüche

(Nach einer alten Sage neu erzählt)

Eigentlich sind Esel recht genügsam. Wenn sie nicht im Freien grasen können, sind sie mit Heu oder gar Stroh in ihrer Futterkrippe völlig zufrieden. Hafer wie das verwöhnte Pferd brauchen sie nicht.

Allerdings – Feinschmecker sind Esel auch. Ihrer großen Zunge behagt es sehr, wenn als Leckerei ein Stück Brot oder gar Kuchen, ein Apfel oder eine Mohrrübe das alltägliche Speisenangebot ergänzt. Dennoch stellt der merkwürdige Esel mit seinen ausgefallenen Ansprüchen, von dem jetzt die Rede sein soll, eine ungewöhnliche Ausnahme dar. Nicht zuletzt, weil er ja auch – wozu nicht ein jeder Esel imstande ist – sprechen konnte. Aber nachdem Rübezahl unter dem Eselfell steckte ...

Ja, nun muß erst einmal geklärt werden, ob und wie gut Sie Rübezahl überhaupt kennen. Er war (und ist) der Berggeist des schlesischen (heute polnischen) Riesengebirges. Diese rätselhafte Gestalt, die sich je nach den Umständen von ihrer guten oder auch bösen Seite zeigt, ist ebenso wie das alte Schlesien bei uns ein wenig in Vergessenheit geraten. Schließlich gehört das Riesengebirge (zwischen Prag und dem in Wroclaw umbenannten Breslau) nicht mehr zu den Lieblingszielen deutscher Urlauber. So begegnen wir dem Namen des Rübezahl am ehesten noch in diesem oder jenem Kinderbuch. Aber auch hier läßt sich lesen, daß Rübezahl – so eigenwillig er auch oft handelt – ein Freund der Gerechtigkeit ist. Wenn nötig, stellte er sie selbst mit oft ungewöhnlichen Mitteln wieder her. Zu diesem Zweck kommt ihm auch ein Esel durchaus recht.

In alten Zeiten lebte mancher Handelsmann davon, daß er die in Böhmen hergestellten Glaswaren nach Schlesien brachte, um sie dort mit Gewinn zu verkaufen. Der Weg von Böhmen nach Schlesien aber führte über die Gebirgswand des rauhen Riesengebirges. Feste Straßen gab es nicht. Daher war der Händler, der weder Wagen noch

Pferd noch Esel besaß, auf seine eigenen Füße angewiesen.

So befand sich denn auch ein gewisser Schnipkoweit eines Tages auf dem Weg von Trautenau nach Krummhübel. Der führte über den höchsten Gipfel, die Schneekoppe. Der Weg war steil. Die Kiepe auf Schnipkoweits Rücken, hoch mit allerlei Glaswaren beladen, schien immer schwerer zu werden. Eine Rast würde ihm guttun. Der Handelsmann fand auch einen guten Platz, wo er die Kiepe auf einem Baumstamm abstellen konnte. Erschöpft setzte er sich nieder.

Nun ließ Rübezahl selten eine Gelegenheit aus, einem Menschen einen Schabernack zu spielen. Dabei entging ihm der Händler nicht. Ehe sich der versah, kam ein von Rübezahl herbeigezauberter Sturm auf. Ein Windstoß packte das hoch gestapelte Glas. Die Kiepe stürzte zu Boden. Ein Scherbenhaufen war alles, was Schnipkoweit blieb. Lange brauchte der verzweifelte Mann nicht nachzudenken, wem er dieses Mißgeschick verdankte. Nur Rübezahl konnte dahinterstecken. So laut er aber auch jammerte – kein Glasstück wurde dadurch wieder heil. Nur ein paar klägliche Reste trug er mit sich, als er mit bösen Flüchen auf den nichtsnutzigen Berggeist seinen Weg fortsetzte. Mühe und Verdienst waren dahin. Rübezahl hatte ihn ruiniert.

Wie es der Zufall so will, kam just in diesem Augenblick aus einem Nebenweg ein Holzfäller, der gleichfalls nach Krummhübel wollte. Dem klagte Schnipkoweit Rübezahls Untat. Dabei rechnete er dem Begleiter vor, welchen Schaden ihm Rübezahl mit seinem üblen Streich zugefügt hatte. Daß der Mann an seiner Seite Rübezahl selbst war, der sich als Waldarbeiter verwandelt hatte, kam ihm nicht in den Sinn. Der Berggeist aber begriff, daß aus einem von ihm geplanten Scherz eine Katastrophe geworden war.

„Wieviel war dein Glaszeug eigentlich wert?“ erkundigte er sich mitfühlend.

„Acht Taler“, klagte Schnipkoweit, „hätte der Verkauf mir eingebracht. Genug, um ein paar Wochen mit Frau und

Kindern zu leben. Zu denen komme ich jetzt mit leeren Händen. Ich darf gar nicht daran denken."

„Da muß etwas geschehen", meinte der Begleiter.

„Aber wie?"

„Das überlaß nur mir. Ich habe schon eine Idee."

„Hoffentlich macht dir Rübezahl nicht einen Strich durch die Rechnung", warnte der hereingelegte Schnipkoweit, der immer noch keine Ahnung hatte, wer sein Weggefährte in Wahrheit war.

„Vielleicht kann er uns sogar helfen", beruhigte der Holzfäller den besorgten Händler. „Jedenfalls begleite ich dich nach Krummhübel. Dort lebt ein Müller, den ich genau kenne. Der wird dir bestimmt deinen Schaden ersetzen."

„Wie käme er wohl dazu?" Schnipkoweit blieb skeptisch.

Eigentlich, dachte die aufmerksame Leserin, wundere ich mich, daß das eine heitere Geschichte sein soll, wie der Autor behauptet hat. Bisher finde ich überhaupt nichts Heiteres dabei. Schnipkoweit tut mir einfach leid. Aber vielleicht macht Rübezahl tatsächlich wieder gut, was er dem armen Kerl eingebrockt hat. Dann könnte es ja wohl doch noch heiter werden. Schließlich muß ja auch noch ein Esel eine Rolle spielen. Da bin ich aber gespannt . . .

Sie blätterte um.

Als die beiden Wanderer schon nahe an Krummhübel herangekommen waren, geschah etwas, auf das der Handelsmann nicht gefaßt war. Während sie noch mitten im Gespräch waren, lief an seiner Seite plötzlich kein Holzfäller mehr, sondern – wahrhaftig – ein bildschöner Esel. Zu allem Überfluß hörte der Begleiter auch nicht auf zu sprechen, obwohl seine Worte jetzt aus dem Maul eines Esels kamen.

„Jetzt begreifst du wohl, wer ich bin", sagte Rübezahl. „Ich habe dir Unrecht getan. Das werde ich jetzt wieder gutmachen. Der Müller, von dem ich dir erzählte, hat über viele Jahre seine Kunden immer wieder geschickt betrogen. Dem werde ich jetzt einen Streich spielen. Vorher aber wird er dir alles bezahlen, was du verloren hast."

„Hoffentlich hast du recht", meinte der Händler und warf einen skeptischen Blick auf den Esel an seiner Seite.

„Jetzt gehst du mit mir", fuhr sein Begleiter fort, „zum Müller und verkaufst mich an ihn. Wenn du zehn Taler verlangst, wird er dich auf neun Taler herunterhandeln. Damit bist du für dein zerbrochenes Glas und den Schrecken entschädigt."

„Aber das kann ich doch nicht machen", widersprach der gutmütige Händler. „Wer weiß, was beim Müller mit dir geschieht."

„Das laß nur meine Sorge sein", beruhigte ihn der Esel.

Der war tatsächlich ein so stattliches und kerniges Tier, daß der Müller, der vierschrötig am Eingang seiner Mühle stand, gleich zum Kauf entschlossen war.

„Zehn Taler sind zu teuer. Aber neun will ich dir geben. Einverstanden?"

Zum Schein sträubte sich der Händler zuerst, aber dann war das Geschäft perfekt. Aus seiner Truhe holte der Müller die neun Taler und zählte sie in blanker Münze auf den Tisch. Eilig steckte Schnipkoweit die Summe ein, klopfte den Esel dankbar auf den verlängerten Rücken und beeilte sich, mit seinem Schatz nach Hause zu ziehen. Irrte er sich oder war tatsächlich in den Augen des Esels ein spöttisches

Grinsen zu sehen? Aber er stand ergeben, wie es Eselart ist, beim Müller und ließ sich von ihm ein Halfter umlegen.

Nachdem der Esel im Stall untergebracht war, berichtete der Müller seiner Frau von dem günstigen Kauf.

„Ein Prachtesel, sage ich dir. Der kann die schwersten Säcke tragen. Für neun Taler habe ich ihn bekommen. Aber sogar mit zwölf Talern wäre er nicht zu teuer bezahlt."

Zufrieden rieb er sich die Hände.

Da meldete sich der Esel schon mit lauten Rufen aus dem Stall.

„Er wird hungrig sein", vermutete der Müller und gab seinem Knecht Anweisung, dem Tier ein paar Hände voll Heu hinzuwerfen.

Aber kaum hatte der Knecht das getan, als der Esel, anstatt das Heu zu fressen, zu sprechen begann: „Was wirfst du Trottel mir da hin? Das ist nichts für meine feine Zunge. Ich speise nur Gebratenes und Gebackenes."

Der Knecht traute seinen Ohren nicht. Entsetzt raste er zum Müller.

„Meister, der Esel kann sprechen!"

„Red' keinen Unsinn! Oder bist du besoffen?"

„Nein, nein. Er hat gesagt, ich wäre ein Trottel."

„Recht hat er."

„Aber er will nur Gebratenes und Gebackenes."

„Da hast du wohl geträumt. Wo gibt es so etwas? Jetzt gehe ich selbst in den Stall. Du wirst sehen, der Esel schweigt ebenso still wie alle Esel vor ihm."

Aber da hatte er sich getäuscht.

Kaum hatte der Rübezahl-Esel den Müller erblickt, als er ihm zurief: „Wo bleibt meine Mahlzeit, Müller?! Ich möchte Gebratenes und Gebackenes. Aber beeil' dich!"

„Da hörst du's, Meister", rief der Knecht, der dem Müller gefolgt war. „Glaubst du mir jetzt?"

Schon meldete sich der Esel wieder und blickte den Müller aufsässig an.

„Wenn ich nicht gleich etwas zu essen bekomme, muß ich mir eine andere Stelle suchen. Dann bist du mich los."

Der Müller war wie vor den Kopf geschlagen. Wer weiß, wozu ein sprechender Esel noch imstande war? Daher wollte er das aufsässige Tier erst einmal besänftigen. In der Küche wies er seine Frau an: „Ich brauche Brot und Kuchen für den neuen Esel."

„Bist du verrückt geworden, Mann? Gebäck für einen Esel?! Der bekommt Heu – sonst nichts. Das wäre noch schöner, daß wir ihm Leckereien vors Maul legen."

Im Nu gerieten der Müller und seine Frau in einen heftigen Streit. Mit Müh und Not konnte der Müller einen trockenen Brotkanten ergattern. Aber als er damit in den Stall zurückkehrte, war er leer. Der Esel war verschwunden. Spurlos. Wie konnte das angehen? Aber weit war er wohl noch nicht gekommen. Also stürzte der Müller ins Freie, um nach dem Ausreißer zu schauen. Aber nirgends war ein Esel zu erblicken.

Nur ein Holzfäller ging eben vorüber und fragte: „Wieso hast du's so eilig, Müller?"

„Mein Esel ist entlaufen", schnauzte der Müller wütend. „Eben erst habe ich ihn für teures Geld gekauft."

Der Holzfäller lachte.

„Wenn das so ist, Müller, dann begreife ich nicht, warum du nicht besser aufgepaßt hast. Hatte er denn genug zu fressen bei dir?"

Aber darauf gab der Müller keine Antwort. Schließlich wollte er sich nicht noch lächerlich machen. Denn glauben würde ihm das niemand. Aber von dem Esel fand sich keine Spur mehr. Rübezahl hatte sein kurzes Gastspiel als Esel genügt.

Schnipkoweit aber, dem der Berggeist den Schaden ausgeglichen hatte, ging künftig an keinem Esel mehr vorbei, ohne ihn zwischen den Ohren zu streicheln, wie es Esel gern mögen, und ihm zuzuflüstern: „Bist du's wieder einmal, Rübezahl?" Aber bisher hat er noch von keinem Esel eine Antwort erhalten.

Ein Esel bleibt selten allein

Es war einmal – so fangen bekanntlich die Märchen an, aber manche Märchen lassen sich von der Wirklichkeit gar nicht genau unterscheiden – also: es war einmal am Rande einer Stadt eine Familie, die hinter ihrem Haus eine große, große Wiese hatte. So etwas soll es ja geben. Jedenfalls meinte der Familienvater eines Tages: „Was haltet ihr wohl davon? Hinter dem Haus haben wir eine so schöne Weide, daß auf ihr bestimmt ein Esel grasen könnte."

Bei seiner Frau und den beiden Kindern löste der Vorschlag große Begeisterung aus. So dauerte es gar nicht lange, bis tatsächlich ein Grautier seinen Einzug hielt und von nun an mit Genuß das saftige Gras speiste. Jeremias – so hieß der Esel – war ein umgänglicher Zeitgenosse, der sein neues Zuhause zu schätzen wußte. Er spielte mit den Kindern, ließ sie auf seinem Rücken reiten und wenn die Eltern am Zaun standen, stellte er sich zu einem vertraulichen Gespräch ein. Kurz und gut, es waren erst ein paar Monate vergangen, da gehörte der Esel wie selbstverständlich zur Familie.

Bei den Nachbarn blieb der Familienzuwachs nicht unbemerkt. Vor allem lernten sie bei dieser Gelegenheit, daß der Ruf eines Esels nicht „i aaah" klingt, wie es weithin zu lesen ist, sondern – falls man ihn mit verbundenen Augen hören sollte – eher an einen Löwen oder eine Hyäne denken läßt als an ein friedliches Haustier. Diesen Ruf nun nahm einer der Nachbarn zum Anlaß für einen Vorschlag: „Wir freuen uns, daß seit einiger Zeit auf Ihrer Wiese ein Esel sein Zuhause hat. Aber wenn wir ihn dann oder wann rufen hören, haben wir den Eindruck, daß er sich einsam fühlt. Wäre es nicht gut, wenn er eine Gefährtin bekäme? Das Gras Ihrer Wiese würde wohl reichen. Aber wir geben auch gern etwas dazu wie Fallobst, Gemüsereste oder getrocknetes Brot, so daß beide satt würden."

Das leuchtete dem Eselbesitzer durchaus ein. Denn er hatte schon selbst erwogen, ob er nicht seinen Jeremias mit einer munteren Stute beglücken sollte. Nachdem er jetzt wußte, daß die Nachbarn keine Bedenken hatten und sogar helfen wollten, konnte er seine Absicht verwirklichen. So dauerte es nicht lange, bis hinter dem Haus statt des einen Jeremias mit der zierlichen Corinna ein zweiter Esel graste. Jeremias hatte die zierliche Eseldame mit lauten Rufen und wilden Galoppsprüngen begrüßt. Daher war es kein Wunder, daß er ganz offensichtlich an ihr Gefallen fand und sie mit seiner Zärtlichkeit und Zuneigung sichtbar beglückte. Die ganze Familie freute sich an dem schönen Bild einer glücklichen Esel-Ehe.

Nun ist die Sache so, daß bei Eseln immerhin ein rundes Jahr erforderlich ist, bis ein so vollkommenes Geschöpf wie ein Esel das Licht der Welt erblicken kann. Die Besitzer des Eselpaars hatten beinahe schon vergessen, welches Liebesspiel auf ihrer Wiese sich im vorigen Sommer vollzogen hatte. Sie waren also ziemlich überrascht, als eines Tages im Eselunterstand neben Corinna ein allerliebster winziger Esel stand und munter mit seinen Ohren spielte. Die stolze Mutter Corinna aber ließ diese bereits erstaunlich langen Samtohren zufrieden und genüßlich durch ihr weiches Maul laufen und liebkoste sie mit der Zunge. Niemand konnte sich dem Bild dieser glücklichen Eselfamilie verschließen, auch wenn damit bereits drei der Grautiere die Wiese bevölkerten. Zunächst hatte der kleine Jonathan noch genug Milch von seiner Mutter, aber schon bald nahm er auch an den Mahlzeiten seiner Eltern teil. Gras, Heu und Äpfel schwanden im Lauf eines langen Winters immer rascher dahin.

Daß die Zuneigung von Jeremias zu seiner Corinna ungebrochen war, wurde deutlich, als die Figur der Eselin im anschließenden Sommer ahnen ließ, daß sich schon bald die Eselfamilie um ein neues Mitglied vermehren würde.

Also meinte der Vater eines Tages: „Wenn Corinna ihr zweites Fohlen auf die Welt bringt, werden wir vier Esel haben. Ich fürchte, dafür reicht unsere Weide nicht mehr aus. Das heißt, wir müssen uns von einem unserer Esel trennen."

„Um keinen Preis!" sagte seine Frau nachdrücklich.

„Ohne uns", schrien die Kinder. „Wo drei Esel satt geworden sind, werden auch vier leben können."

„Aber der Unterstand ist schon jetzt zu eng", mahnte der Vater, der die Dinge nüchtern sah.

„Dann bauen wir eben an!"

Gegen die demokratische Mehrheit seiner Familie war der Vater machtlos. Gemeinsam erweiterte man den Unterstand, der bei Regen und im Winter Schutz bot. Dabei waren sie nicht kleinlich. Schließlich sollten die Esel hinreichend Raum haben.

Trotzdem murmelte der Vater besorgt: „Wenn ich sehe, was wir gebaut haben, dann könnte man glauben, wir hätten ein Dutzend Esel." Aber davon war natürlich (noch) keine Rede ...!

Als die Familie eines schönen Tages bei ihren vier Eseln stand, sprach sie ein Mann an.

„Wundern Sie sich nur nicht", sagte er, „aber ich möchte Ihnen einen Esel anbieten."

„Bloß nicht", wehrte der Vater ab. „Wir kaufen keinen weiteren Esel."

„Sie sollen ihn nicht kaufen. Sie bekommen ihn umsonst. Ein Bild von einem Esel. Aber ..."

Bei dem Wort „umsonst" waren die Kinder wie elektrisiert.

„Wieso kommen Sie dazu, einen Esel zu verschenken?" wollte der Vater wissen.

„Das ist leicht gesagt. Ich habe meinen Theodor jetzt drei Jahre und würde mich nie von ihm trennen, wenn nicht ..."

Gespannt starrten ihn alle an.

„Ja, wenn mich nicht meine Firma nach Japan versetzt hätte. Mitnehmen kann ich Theodor nicht. Aber mir liegt daran, daß er zu Menschen kommt, die ein Herz für Esel haben. Das ist bei Ihnen der Fall."

Dennoch zögerte die Familie, das Angebot anzunehmen. Für fünf Esel, davon einer im freßlustigsten Alter, reichten die Futtervorräte nicht mehr. Sie würden dazukaufen müssen ..."

„Nun gut", sagte der überraschende Besucher, „für ein Jahr Futter bezahle ich. Das ist es mir wert, damit mein Theodor es gut hat. Ich habe Angst, daß er zu Leuten geraten könnte, die ihn auf den Schlachthof bringen. Wissen Sie eigentlich, daß echte Salami in südlichen Ländern auch mit Eselfleisch zubereitet wird?" Er schüttelte sich.

„Nimm ihn!" riefen die Kinder, und auch die Ehefrau stimmte achselzuckend zu. Nie hätte sie für möglich gehalten, daß fünf Esel zu ihrer Familie gehören würden ...

Schon am nächsten Tag kam Theodor. Jeremias sah der männlichen Konkurrenz mißtrauisch entgegen. Die beiden rangelten, packten sich bei den Ohren, bis sie einsahen, daß eine friedliche Koexistenz beiden guttat.

Allerdings ließ sich nicht leugnen, daß zwei kraftstrotzende Eselhengste dazu führten, daß keine der Damen länger als ein, zwei Wochen nach der Geburt unbeachtet und unbefriedigt blieb. Die Herren wußten, worauf es ankam.

Hatte sich in den ersten beiden Jahren mit Corinna die Eselschar lediglich verdoppelt, ging es jetzt schneller. Längst reichte die Weide nicht mehr. Die Familie hatte da und dort in der Nähe ihrer Wohnung hinzugepachtet. Futter mußte gekauft werden. Nach drei weiteren Jahren war das erste Esel-Dutzend voll. Und auch die bei diesen günstigen Gelegenheiten neu geborenen Hengste und Stuten hatten Sehnsucht nach Liebe.

Immer wieder einmal nahm der Vater Anlauf, einen Schlußstrich zu ziehen. „Mehr dürfen es nicht werden. Für jeden Esel, der neu geboren wird, müssen wir einen verkaufen."

„Welchen?" fragte seine Frau. „Ich kann mich von keinem trennen. Bedenke doch, wie elend hier oder da auf dem Land Esel gehalten werden. Willst du unsere verwöhnten geliebten Grautiere ins Elend stoßen?"

Nein, das wollte der Vater auch nicht. Obwohl jetzt nicht nur das Finanzamt an seinen finanziellen Möglichkeiten knabberte, sondern auch die Esel die Sparbücher und sonstigen Reserven erschreckend verminderten. An Reisen konnten sie schon gar nicht denken. Wer sollte denn auch auf ihre Herde aufpassen, für Futter sorgen, sie striegeln und bürsten?

Zwar war der Vater kein Mathematiker, aber er erinnerte sich aus seiner Schulzeit, daß die Summen in solchen Fällen sich nicht nur verdoppelten, sondern potenzierten. Längst hatten die Nachbarn bei so viel Eseln vor ihren Fenstern und Balkonen die gute Laune verloren. Sie verklagten die Eselbesitzer, daß die gute Wohnlage unter der Vielzahl von Eseln, ihren Schreien, den mit ihnen verbundenen Fliegen und den unvermeidlichen lästigen Besuchern erheblich litt. Wer zahlt noch Miete dafür, daß er aus dem Fenster nur Esel, Esel, Esel erblickt?! So seltsam es klingen mag, die guten Leute waren dabei, mit ihren Eseln – auf den Hund zu kommen.

Lassen wir das!

Ob unsere Geschichte nun auf Punkt und Komma wahr oder nur ein Märchen um leidenschaftliche Tierfreunde ist – wir können sie mit den Worten beenden, die wir alle kennen und die Auskunft über den Fortgang der Eselei geben: Wenn sie nicht gestorben sind, dann leben sie heute noch. Bei ihnen aber grasen – ja, die genaue Zahl weiß ich natürlich nicht – Dutzende von Eseln und freuen sich ihres Lebens. Denn ein Esel kommt selten allein!

Strandesel Suse hebt den Umsatz

Ob Esel schön sein können oder nicht, darüber mögen die Meinungen auseinandergehen. Hinnerk Kruse aus Flunderndorf jedenfalls ließ nichts auf seine Eselin Suse kommen. Die konnte sich wahrhaftig sehen lassen. Genauer gesagt, seine Suse war eine wirklich schön geratene Eseldame mit einem seidig schimmernden grauen Fell, von dem sich das schwarze Kreuz über den Rücken, das jeder ordentliche Esel haben muß, elegant abzeichnete. Dazu besaß sie eine strahlend weiße Maulpartie und wohlgeformte samtene Ohren, die sogar für Eselmaßstäbe ungewöhnlich lang geraten waren und zierlich durch die Luft fächelten. Auf ihre Figur hatte selbst der Nachwuchs, mit dem Suse ihren Besitzer ein Jahr übers andere beglückte, keinen nachteiligen Einfluß gehabt.

Den größten Teil des Jahres war Suse damit beschäftigt, Säcke mit Getreide zur Mühle und Säcke mit Mehl wieder zurückzutragen. Wer Bescheid weiß, kann daraus schließen, daß unsere Geschichte in der Vergangenheit spielt. Denn im vorigen Jahrhundert und ein paar Jahrzehnte darüber hinaus standen überall in den Landstrichen hinter der Küste Windmühlen, die heute bis auf wenige Museumsstücke spurlos verschwunden sind. In diesen Mühlen ließen die Bauern aus ihrem Getreide Mehl zum Brotbacken mahlen. Da Suse keine nennenswerte Konkurrenz hatte, war sie ständig gefragt. Ihre ganz große Zeit aber kam im Hochsommer.

Nur ein paar steinalte Omchen oder Opas werden sich vielleicht noch erinnern, daß damals Esel so selbstverständlich zu den Attraktionen eines Badestrands gehörten wie heute Frittenbuden oder Minigolfplätze. So war es auch in Flunderndorf, wo Suse zu Hause war. Sobald nämlich die ersten Feriengäste aus der Stadt an der Küste auftauchten und im Strandkorb Siesta machten (wie man das damals nannte), hing Hinnerk Kruse seiner schmucken Eselin ein Gestell über den Rücken, das zu jeder Seite einen Korb trug, wie man es heute noch in Marokko oder Tunesien sehen kann. In die beiden Körbe packte er alles, was den Appetit von Nichtstuern am Strand anregen konnte – vom geräucherten Fisch bis zu Mutter Kruses selbstgebackenem Puffer, von Limonade bis zu Obst aus dem heimischen Garten. Danach ergriff er Suses Halfter und zog mit ihr in Richtung auf den Strand.

Hier stapfte er mit ihr durch den Sand und machte an jedem der damals noch spärlichen Strandkörbe halt, um den leckeren Inhalt der beiden Körbe anzubieten. Da Suse die Prozedur genau kannte, stand sie stets geduldig still, bis Kruses Handel abgeschlossen war. Ein Strandkorb folgte dem anderen. Überall blickte man Kruse und seiner Eselin erwartungsvoll entgegen. In manchem Strandkorb hatte man übrigens auch an Suse gedacht und schob ihr ein beim Frühstück aufgespartes Stückchen Zucker zwischen die erwartungsvollen Lippen. Für die Kinder war das der Höhepunkt von Suses Erscheinen. Denn die Eselin war sehr behutsam, daß sie mit ihren großen Zähnen, so gierig sie auch auf den Zucker war, den Kinderfingern nicht wehtat.

So viel tierische Rücksichtnahme hinderte freilich eines Tages einen Bengel aus der Stadt, der mit seinem Eureka-Gewehr Bolzen mit Gummikopf auf eine Scheibe schoß, nicht daran, sein kindliches Schießeisen voller Übermut auf Suses wohlgeformte pralle Hinterseite zu richten. Leider hatte er gut gezielt. Der hinter dem Strandkorb versteckte Schütze pflanzte das Geschoß genau auf Suses rechte Hinterbacke, wo es dank der besonderen Konstruktion der Gummispitze kleben blieb. Der heimtückische Angriff erfolgte so überraschend und erschreckend, daß die ansonsten so lammfromme Suse all ihre Fassung verlor.

Mit einem empörten Aufschrei, der weit über den Strand schallte, schleuderte sie ihre Hinterbeine hoch in die Luft und jagte, entsetzt über die hinterhältige Attacke, in wilder Flucht davon. Kruse, der das Halfter aus der Hand gelassen hatte, konnte rufen, soviel er wollte. Suse ließ den Sand unter ihren Hufen aufstieben und dachte nicht daran, auf ihn zu hören. Dabei hatte sie ihre Ohren als äußerliches Zeichen ihrer Wut eng angelegt, so daß sie kaum noch zu sehen waren. Der ganze Strand geriet in helle Aufregung. Aus allen Strandkörben blickte und schrie man hinter ihr her. Schließlich war Suse allen gut bekannt und wurde von jedermann geschätzt.

Wenn ein Esel einmal in Galopp gefallen ist, läßt er sich nicht so leicht aufhalten. Suse, die noch immer das lästige Geschoß auf ihrer Hinterseite fühlte, geriet dabei so in Fahrt, daß sie es gar nicht bemerkte, wie die Strandkörbe von Flunderndorf hinter ihr zurückblieben. Die Körbe mit dem eßbaren Inhalt auf ihrem Rücken tanzten lebhaft auf und ab. Zum Glück fiel nichts heraus.

Wer sich an der Küste einigermaßen auskennt, der weiß, daß nur ein, zwei Kilometer von Flunderndorf entfernt Seehusen folgt, das nächste Fischerdorf mit Badestrand. Genau dorthin führte Suses Flucht. Es dauerte gar nicht lange, bis sie vor sich Strandkörbe erblickte, die ihr ja vertraut waren. Inzwischen war zum Glück der Eureka-Bolzen dank Suses kräftig geschwungenen Hinterbeinen in den Sand gefallen. Nachdem sie das lästige Geschoß nicht mehr spürte, lief sie langsamer.

Neugierig näherte sie sich den Seehusener Strandkörben, die auch nicht anders aussahen als die von Flunderndorf. Hier war man bereits auf den unerwarteten Gast aus dem Nachbarort aufmerksam geworden. Natürlich ahnte niemand, was Suse hierhergebracht hatte. Nachdem der Anlaß für ihre Flucht verschwunden war, besann sich die Eselin auf ihre gewohnten Pflichten. Auch ohne Kruse am Halfter wußte sie, worauf es ankam. Also machte sie gleich am ersten Strandkorb halt und blickte die sich dort genüßlich räkelnde Familie erwartungsvoll an. „Ja, was willst du denn?“ fragte der Familienvater nicht eben scharfsinnig. Dabei entdeckte er auch schon die Körbe an Suses Rücken. „Was mag da wohl drin sein?“ Die Neugier überwand alle Bedenken.

Geduldig und mit spielerisch fächelnden Ohren hielt Suse wie gewöhnlich still, während die ersten Seehusener Urlauber in ihren Körben kramten. Da es in Seehusen keinen Strandesel gab und Kruse der Weg bis hierher immer zu weit gewesen war, genossen die Strandkorbinsassen das unerwartete Angebot. Schon bissen sie in Mutter Kruses appetitlichen Kuchen oder griffen zur Limonadenflasche. Suse bemerkte zufrieden, daß hier alles ebenso ablief, wie sie es von Flunderndorf kannte. Daß niemand daran dachte, für die überraschende Atzung etwas zu bezahlen, spielte für sie keine Rolle. Eine Geldtasche hatte Kruse ihr ja nicht umgehängt.

Also setzte sie sich, nachdem die erste Familie sich bedient hatte, zum nächsten Strandkorb in Bewegung. Auch hier wurde sie freudig begrüßt. Alles wiederholte sich. Es dauerte nicht lange, bis die Körbe sich geleert hatten. Suse war wie eine gütige Fee erschienen, die jedem ihre Gaben zukommen ließ. Als sie am letzten Strandkorb angelangt war, blieb sie stehen und blickte zurück.

Seiner entfliehenden Eselin hatte Kruse zuerst fassungslos nachgeschaut. So kannte er Suse doch gar nicht. Sie würde wohl, hoffte er, schon bald stehenbleiben. Aber davon konnte keine Rede sein. Als sie immer weiterlief und unerreichbar wurde, packte ihn die Panik.

„Die sind Sie los, Kruse", sagte mitleidlos einer der Gäste, der zu seinem Ärger die erhoffte Erfrischung durch Suses Flucht in der Ferne verschwinden sah. Aber er machte Kruse auch klar, was zu tun war: „Los, Mann, hinterher!"

Da begriff auch Kruse, daß ihm tatsächlich nichts anderes übrig blieb, als seiner entsprungenen Suse zu folgen. Denn es war nur ein schwacher Trost für ihn, daß eben der Bengel, der das schmerzhafte Geschoß auf Suses rechten Schinken gerichtet hatte, von seinem Vater – wie es damals selbstverständlich war – übers Knie gelegt wurde. So erhielt er einen fühlbaren Begriff von dem, was er der Eselin zugefügt hatte. So einfach war das in der guten alten Zeit...

Fluchend und grimmig verbissen, stapfte Kruse keuchend hinter Suse her. Schweißtriefend näherte er sich allmählich den Seehusener Gefilden. Dabei malte er sich aus, was alles er der vermaledeiten Übeltäterin antun würde.

Zugleich allerdings wünschte er sich auch, daß er sie wenigstens heil und munter anträfe und wieder am Halfter packen könnte.

Mit freundlicher Aufmerksamkeit beobachteten die Seehusener Urlauber, wie Kruse sich schnaufend heranpirschte. Am Ende des Strandes aber, wo die Strandkörbe aufhörten, stand Suse, kaute genüßlich an einer Stranddistel des Dünenrands und blickte ihrem Chef erwartungsvoll entgegen. Schließlich mußte er ja begriffen haben, daß sie nicht freiwillig die Flucht angetreten hatte. So ließ sie sich denn auch ohne Widerstreben am Halfter packen.

„Du Schietbiest", war denn auch alles, was Kruse seiner Eselin an den Kopf warf. Das empfand Suse geradezu als Schmeichelei. Als er aber ihre Körbe durchstöberte und entdeckte, daß ohne jeden Rest aber auch alles verschwunden war, was er in Flunderndorf hatte verkaufen wollen, traf ihn beinahe der Schlag. Wie er so über die Gäste in den Strandkörben blickte, entging ihm nicht, daß sie mit Behagen kauten und ihm mit ihrer – seiner – Limonade auch noch zuprosteten. Wahrhaftig, die hatten ihn und die Suse regelrecht ausgeplündert . . .! Das ging zu weit. Das konnte er sich nicht bieten lassen.

Als er freilich an einem der Strandkörbe, wo man eben noch die Beute aus Suses Körben munter verspeiste, die Bezahlung anmahnte, hörte er: „Bezahlen? Was denken Sie? Das hat uns Ihr Esel doch geschenkt! Wirklich ein kluges Tier!"

Nun ja, ganz ernst war das nicht gemeint. Alles hatte so gut geschmeckt, daß niemand den kläglich geschockten Kruse um seinen Verdienst bringen wollte.

So hieß es nach einigem Palaver schließlich: „Zahlen? Einverstanden. Aber erst morgen. Wenn Sie gemeinsam mit Ihrem Grautier uns wieder etwas bringen. Denn was den Flunderdorfern recht ist, ist uns Seehusener Gästen billig."

Was blieb also Hinnerk Kruse anderes übrig, als künftig Tag für Tag während des ganzen Sommers nicht nur Flunderndorf, sondern auch Seehusen mit seiner Suse anzulaufen. Das schlauchte ihn ganz schön. Aber als er am Ende der Saison Kassensturz machte, entdeckte er zufrieden, daß sich seine Einnahmen nahezu verdoppelt hatten. Genaugenommen hatte er das seiner Suse zu verdanken.

Somit hatte sie sich nicht nur bei den Feriengästen beliebt gemacht, sondern auch ihm mehr Geld in die Kasse gebracht. Wer hätte wohl gedacht, daß so ein „dummer Esel", wie er von dummen Menschen eingeschätzt wird, den Umsatz ganz schön ankurbeln konnte. Kein Wunder, daß Kruse künftig noch stolzer auf seine Suse war. So einen Esel gab es kein zweites Mal!

Ein Esel wird halbiert

Nein, Sie brauchen keine Angst zu haben: hier ist keine Rede davon, daß ein Esel in zwei Teile zerhackt oder zerschnitten wird. Das wäre ebenso barbarisch wie unsinnig. Aber es kann schon vorkommen, daß zwei Menschen mit guten Gründen Anspruch auf den gleichen Esel erheben und auf ihn unter gar keinen Umständen verzichten wollen. Soll das etwa zu Lasten des Esels gehen? So etwas wollen wir gewiß nicht. Auch Ruth und Peter wollten das nicht.

Sie hatten die leidigen Formalitäten, die mit einer Scheidung nun einmal verbunden sind, einigermaßen befriedigend hinter sich gebracht und auch über die Aufteilung der verschiedenen, bisher gemeinsamen Güter weithin Einigkeit erzielt. Das geht uns deshalb hier auch nichts mehr an. Wenn da nicht Julia gewesen wäre!

Julia ist – das läßt sich vermuten – ein Esel, genauer gesagt eine Eselin. Ruth und Peter hatten sie von einem naturverbundenen Onkel zur Hochzeit geschenkt bekommen. In der Tat ein ungewöhnliches Hochzeitsgeschenk. Aber da sie beide tierlieb waren und eine hinreichend große Wiese in der Nähe ihrer Wohnung verfügbar war, zu der sogar ein Unterstand für unwirtliche Tage gehörte, verbanden sich mit dem unerwarteten Geschenk keine unüberwindlichen Schwierigkeiten. Der Anlaß des Geschenks ließ keinen Zweifel, daß Julia ihnen beiden gehörte. Ihr Hochzeitsesel also. Jetzt aber stand Scheidung auf der Tagesordnung. Was sollte, was konnte unter diesen Umständen mit Julia geschehen? Sie hatte von der für sie bedrohlichen Entwicklung natürlich keine Ahnung. Vielleicht hätte sie es sonst sogar als schmeichelhaft empfunden, daß ihre beiden Menschen sich ihretwegen stritten.

Bisher – bevor die Scheidung ihr trennendes Haupt erhob – waren sie gewöhnlich beide von der Wohnung zu der Wiese geschlendert, auf der Julia gemächlich graste und dem Besuch erwartungsvoll entgegensah. Denn er verlieh dem Alltag von Gras, Kräutern und Disteln mit Brot, Äpfeln, Karotten oder Keks eine erwünschte kulinarische Abrundung. Außerdem konnte sie dabei die Streicheleinheiten kassieren, auf die ein einsamer Esel Anspruch hat. Da nahm Julia es auch in Kauf, daß bei dieser Gelegenheit ihr graues, leicht struppig werdendes Fell gekämmt und gebürstet wurde. Zwar kratzte und zauste es, aber schließlich legen (auch) Eselinnen Wert auf ein gepflegtes Aussehen.

Seit allerdings Ruth und Peter mehr oder minder oft über ihre Anwälte miteinander verkehrten, wurden diese Besuche merklich seltener. Julia hatte allen Grund, sich vernachlässigt zu fühlen. Wie sollte sie auch wissen, daß sie der sogenannte Stein des Anstoßes war, der gemeinsame Besuche an der Eselwiese verhinderte?!

„Julia gehört natürlich mir", hatte Ruth bei passender Gelegenheit hingeworfen.

„Wieso dir? Schließlich haben wir ihn von meinem Onkel bekommen."

„Wir! Also auch ich. Da du ja von hier wegziehst, bleibe ich mit unserer Wohnung allein in Julias Nähe. Nichts ist also logischer ..."

„Wenn ausgerechnet du von Logik sprichst, stimmt das sicher nicht."

„Sagst du! Mit welcher Art von Logik willst denn du Ansprüche auf Julia erheben?"

„Als ob du nicht genau wüßtest, daß ich seit meiner frühen Jugend asinophil war!"

„Was willst du damit sagen? Immer wenn du dich im Unrecht fühlst, wirfst du mit einem Fremdwort um dich."

Peter konnte ein mitleidiges Lächeln nicht unterdrücken.

„Pardon, ich wußte nicht ... Asinophil heißt bekanntlich, daß man freundliche Gefühle für Esel hat."

„Habe ich die etwa nicht? Willst du behaupten, daß mir Julia gleichgültig ist?"

Brechen wir den Dialog ab. Er wurde noch einige Male neu aufgenommen und blieb ohne jedes Ergebnis. Bis Ruths Anwalt mitten zwischen die Aufzählung von Möbelstücken und Vermögenswerten, die Peter unterschreiben sollte, fast unauffällig das Sätzchen schmuggelte: „Der Esel Julia fällt meiner Mandantin zu." Das wäre es gewesen. Aber der Trick gelang nicht. Denn Dr. Eichelbaum, Peters Anwalt, fühlte sich veranlaßt, in einem zweiseitigen Dokument klarzustellen, daß Julia selbstverständlich im alleinigen Besitz seines Mandanten blieb. Darauf konnte Ruths Anwalt nicht zurückstehen. Julia begann also, einen festen Platz in den Aktenordnern der Anwälte und des Gerichts einzunehmen. Selbstverständlich wurde sie auch im Computer programmiert. Ein Esel machte sozusagen juristische Karriere . . .

Das war der – sicher wenig erfreuliche – Stand der Dinge, als die beiden Ehe-Schiffbrüchigen vor den Richter traten, der in diesem Fall eine Richterin war. Vielleicht hatte man ihr den Fall zugewiesen, weil man von einer Frau besondere Feinfühligkeit in dieser heiklen Angelegenheit erwartete.

Jedenfalls sah Ruth darin ein gutes Vorzeichen. Eine Richterin sollte eigentlich für die Anhänglichkeit zweier Frauen – Ruth und Julia – Verständnis haben.

Aber die Richterin – sei es aus eigener Urteilskraft, sei es, weil Peters Charme auch hier seine Wirkung nicht verfehlte – machte sich die Entscheidung durchaus nicht so leicht.

„Wenn demnach jeder von Ihnen darauf beharrt, daß Julia ihm gehört, würde ich ein so heiß umstrittenes Tier gern einmal sehen. Es muß ja ein Prachtexemplar von Esel sein!"

„Heißt das, daß Sie einen Lokaltermin machen wollen?" fragte etwas streitbar einer der Anwälte.

„Gott bewahre! Da beide Parteien auf Julia so viel Wert legen, werden sie ja wohl als Beweis ihrer Zuneigung ein Foto als corpus delicti bei sich haben."

Aufgeregt tuschelten Ruth und ihr Anwalt. Dr. Eichelbaum jedoch griff gelassen in seine Akten und präsentierte ein Foto, das Julia in voller Pracht zeigte.

„Das hat mir mein Mandant übergeben", erklärte er, „als der Streit um Julia begann."

Die Richterin griff sich das Foto, blickte auf die grauen Rundungen und die markante weiße Maulpartie von Julia und stellte fest: „Wirklich ein hübscher Esel."

Neugierig beugte sich Ruths Anwalt vor, um einen Blick auf Julias Konterfei zu werfen.

„Haben Sie denn die Eselin noch nie gesehen, Herr Rechtsanwalt?" wollte die Richterin wissen.

„Leider nein."

„Aber das hat doch nichts zu bedeuten", brauste Ruth auf, „ob jemand ein Foto hat oder nicht. Hier geht es doch ganz allein um Recht!"

„Aber", erklärte in freundlichem Ton die Richterin, „das Recht muß sich an Tatsachen orientieren. Diese Tatsachen bestehen hier darin, daß Ihr Mann seinem Anwalt eine konkrete Vorstellung von dem Streitobjekt vermittelt hat, während Sie ..."

„So geht das aber nicht", rief Ruth in der temperamentvoll ungehemmten Art, die Peter zur Genüge kennengelernt hatte. Damit griff sie hastig in ihre Handtasche.

Schon lag ein weiteres Foto von Julia vor der überraschten Richterin.

„Da!" blaffte Ruth und ein zweites Mal „da!" Schließlich waren es wahrhaftig drei Porträts der schönen Eselin, die sie ans Tageslicht befördert hatte. „Was sagen Sie nun?"

Sogar die Richterin und die beiden Anwälte mußten bei dieser Explosion lächeln.

„Bald bedauere ich", sagte die Richterin amüsiert, nachdem sie alle drei Fotos ebenfalls gemustert hatte, „aber das bitte nicht ins Protokoll, daß wir Julia nicht als Zeugin hierher holen können, damit sie sich dazu äußert, wem sie selbst gehören will. Bei Kindern ist das einfacher als bei Eseln."

„Sie sehen also", nützte Ruth den offensichtlichen Stimmungswandel aus, „daß ich drei Fotos von Julia bei mir habe, während Peter nur eines in die Akten gegeben hat. Also gehört Julia doch mir!"

Jetzt wurde die Richterin wieder ernst.

„Diese Entscheidung überlassen Sie bitte mir."

Der Augenblick war gekommen, in dem die Anwälte noch einmal versuchen durften, den Standpunkt ihrer Mandanten zu untermauern. Allerdings gab es nichts Neues zu hören. Im Grunde zerrten sie doch beide an Julia – einer nach rechts, der andere nach links. Das konnte keinem Esel guttun. Zum Glück ahnte Julia nichts davon.

„Ich habe mich überzeugt", zog die Richterin schließlich die Konsequenz, „daß Sie beide Ihr Herz an die Eselin gehängt haben. Gewünscht hätte ich mir, daß die gleiche Anhänglichkeit auch Ihrem Ehepartner gegolten hätte, von dem Sie sich ja trennen. Aber nachdem Sie beide so hartnäckig auf Ihrer Eselin bestehen, entscheide ich, daß das Tier auch nach Ihrer Trennung Ihnen beiden gehört. Ihnen beiden gemeinsam. Sozusagen als letztes Fädchen, das Sie noch verbindet."

„Aber wie stellen Sie sich das vor?" rief einer der Anwälte. „Damit ist doch ein Streit ohne Ende programmiert. Da stehen die beiden bald wieder vor Gericht . . ."

„Es wäre mir lieb", ließ die Richterin ihren Tadel deutlich werden, „wenn Sie mich erst ausreden ließen. Wir wollen doch die üblichen Verhaltensweisen vor Gericht nicht verlassen."

Der Anwalt murmelte ein paar entschuldigende Worte.

„Damit es bei den gemeinsamen Besitzverhältnissen nicht zu Mißverständnissen und Zwistigkeiten kommt, gehört Julia an allen ungeraden Tagen Ihnen" – sie blickte auf Ruth – „und an allen geraden Tagen, also am zweiten, vierten und so weiter, Ihnen." Damit war nun Peter gemeint.

Ungläubig starrten die Anwälte auf die Richterin. Das hatten sie noch nicht erlebt. Der Geist des Königs Salomo schien durch den nüchternen Gerichtssaal zu schweben. Nicht weniger verdattert schienen Ruth und Peter. Ihre Julia war halbiert worden und doch ein Ganzes geblieben.

Zuerst fand die junge Frau die Sprache wieder.

„Welches Datum haben wir heute?"

„Den achtzehnten", antwortete ihr Anwalt.

„Demnach gehört Julia heute mir", schaltete Peter sofort.

Die Richterin blickte noch einmal von einem zum anderen. Dann stellte sie ruhig fest: „Damit ist die Sitzung geschlossen."

Aber bevor sie sich entfernte, beugte sie sich noch einmal zu den beiden Eselbesitzern, lächelte ein wenig und fügte hinzu: „Was ich jetzt sage, nehmen Sie als ganz private Anregung. Sollte Ihre Julia über kurz oder lang Mutterfreuden erleben, ließe sich Ihr Problem leichter lösen. Das gilt nicht nur für Esel ..."

Heilige Nacht der Tiere

„Was ist denn eigentlich draußen los?“ erkundigte sich der Ochse und hob mißmutig seinen schweren Kopf. Stimmen klangen herein. Die unwirsche des Gastwirts und die leise eines anderen Mannes. „Nicht einmal zu seiner verdienten Ruhe kommt unsereiner.“

Der Esel, der neben ihm stand, wußte eine Antwort. Denn durch eine schmale Öffnung in der Stallmauer konnte er einen winzigen Ausschnitt der Außenwelt überblicken, die die kümmerliche Behausung der beiden Tiere umgab.

„Leute sind's“, erklärte der Esel. „Ein Mann und eine Frau. Ärmliches Volk. Nicht einmal ein Reittier haben sie bei sich. Anscheinend Bettler. Unser Wirt hat sie wohl abgewiesen.“

„Lästiges Pack“, brummte der Ochse. „Sollen doch bleiben, wo sie herkommen, anstatt hier lästig zu sein.“

„Bezahlen werden sie ohnehin nichts können“, stimmte der Esel zu und starrte angespannt durch den Ausguck. Nur so konnte er verfolgen, ob die Fremden nach der Ablehnung einer Aufnahme ihren Weg fortsetzten. Immerhin brach allmählich die Dämmerung herein.

„Ziehen sie weiter?“ erkundigte sich der Ochse, der von seinem Lager keinen Ausblick nach draußen hatte.

„Sieht nicht so aus“, berichtete der Esel. „Jetzt kommen sie sogar auf unseren Stall zu.“

„Der Herr behüte uns“, klagte der Ochse, der gelegentlich einen Hang zu frommen Redensarten hatte. „Fehlt nur noch, daß sie ausgerechnet bei uns nächtigen wollen. Uns fragt keiner, ob uns das auch recht ist.“

Die alte Tür knarrte bereits in den Angeln. In ihrer Öffnung gegen den düsteren Himmel wurden die beiden Gestalten sichtbar.

„Immerhin ist es besser als im Freien“, sagte der Mann wie entschuldigend zu seiner Begleiterin.

Neugierig ließ der Esel seine Ohren spielen, damit er ja kein Wort von dem versäumte, was gesprochen wurde.

„Es sind Tiere hier drin", bemerkte die Frau. Ihrer Stimme hörte man an, daß sie Schmerzen empfand.

„Ja", bestätigte der Mann, der sich rasch umgeschaut hatte. „Ein Ochse und ein Esel. Sie sind wohl ganz friedlich. Zum Glück ist reichlich Stroh vorhanden. Du kannst darauf liegen."

„Das werde ich auch tun müssen." Schon ließ sich die Frau zu Boden sinken. „Lange wird es nicht mehr dauern. Das fühle ich."

Jetzt konnte der Esel die Frau genauer sehen. Überrascht starrte er sie an. Das war doch – nein, er konnte sich nicht irren.

„Fällt dir nichts auf?" erkundigte sich der Esel beim Ochsen.

„Was soll mir auffallen. Zwei Menschen sind's. Bestimmt Bettler – du hast ganz recht. Seit wann bietet unser Wirt solchem Gesocks ein Obdach an? Unbegreiflich!"

„Das kann ich dir erklären, wenn du es noch nicht selbst gemerkt hat. Die Frau wird hier werfen. Bei uns im Stall. Das wird bestimmt eine unruhige Nacht geben."

„Allmächtiger", murmelte der Ochse. „Das hat uns gerade noch gefehlt. Muß das denn ausgerechnet hier sein? Schließlich brauche ich dringend Schlaf."

„Soll die arme Frau etwa dabei im Freien bleiben? Für uns Esel ist das zwar selbstverständlich, aber so eine zarte Menschenfrau muß dabei ein Dach überm Kopf haben . . ."

„Wenn schon! Aber doch nicht gerade bei uns", widersprach der Ochse beharrlich.

„Wo denn sonst?" wollte der Esel wissen. „Wenn sie das Zimmer bei unserem Wirt nicht bezahlen können . . ."

Darüber wollte der Ochse gar nicht erst nachdenken. Er gab keine Antwort mehr. So schwiegen sie beide. Bald waren sie eingeschlafen.

Als der erste Schrei des neugeborenen Kindes den Stall lebendig werden ließ, hob der Esel den Kopf und ließ seine langen pelzigen Ohren spielen. Aber er traute seinen Augen nicht. Sonst war der Stall um diese Nachtstunde in dichte Finsternis gehüllt. Jetzt aber . . .! Wie war das möglich?

Ein leuchtender Schein glänzte bis in jeden Winkel. Rings um den nackten Wurm aber, an dem sich Mann und Frau zärtlich zu schaffen machten, schwebte ein strahlendes Licht. Der Esel konnte alles viel besser als sonst am Tage erkennen. Was hatte dieses Spektakel wohl zu bedeuten?

Während er sich noch verwundert und staunend in dem sonst so erbärmlichen Stall umschaute, entdeckte er plötzlich, daß auch durch die Maueröffnung von draußen so viel Licht hereinschimmerte, als ob da eine mächtige Laterne brannte.

„He, Ochse", rief der aufgeregte Esel, „hast du so etwas schon gesehen?"

Der Ochse stieß einen unwilligen Grunzer aus. „Eben war ich endlich eingeschlafen. Schon störst du mich wieder. Bestimmt werde ich morgen früh wie zerschlagen sein."

„Reiß endlich deine Augen auf", verlangte der Esel. „Dann wird dir das Schlafen schon vergehen."

Immer noch vergrätzt hob der Ochse seinen mächtigen Kopf.

„Ist denn schon Morgen?" fragte er verständnislos, als er entdeckt hatte, wie hell es im Stall war. Eine andere Erklärung fiel ihm nicht ein.

„Unsinn", widersprach der Esel. „Kein Morgen. Das Kind ist es. Es liegt an dem kleinen Stinker, daß es hier so hell ist. Sieh doch nur! Das muß wahrhaftig ein ganz besonderes Kind sein. So etwas habe ich noch nie erlebt."

„Du sagst es!" Allmählich ging auch dem Ochsen auf, daß sich im Stall etwas abspielte, das es noch nie gegeben hatte. „So hell war es noch nie bei uns. Aber hast du auch bemerkt ..."

Darauf hatte der Esel nur gewartet.

„Ja, ich weiß schon" reagierte er etwas unmutig. „Sie haben das kleine Wesen in unsere Krippe gelegt. Das ist doch eine gute Idee! Oder? Da kann es sich wohlfühlen."

„Schön und gut", brummelte der Ochse, „aber woraus sollen wir jetzt mampfen?"

„Stell' dich nicht so an. Solange diese Leute in unserem Stall sind, können wir ja unser Heu auch mal vom Boden verspeisen. Hauptsache, das kleine Menschlein hat es erst mal behaglich."

Lauschend hob der Ochse seinen Kopf.

„Hörst du was, Esel?"

„Freilich. Die Schafe sind es. Sonst sind sie nachts so weit weg, daß wir nichts von ihnen merken. Aber jetzt kommen sie immer näher."

„Sie müssen ihren Pferch verlassen haben. Ob sie ausgebrochen sind? Das wäre ja eine böse Sache."

„Aber nein", sagte beruhigend der Esel. „Ich höre auch die Stimmen der Hirten. Sie treiben ihre Schafe hierher. Aber was wollen sie mitten in der Nacht?"

„Guck doch durch das Loch in der Mauer", riet der Ochse. „Kannst du etwas erkennen?"

„Ich sehe ein Leuchten."

„Vielleicht die Lampen der Hirten", vermutete der Ochse.

„Nein, nein, viel heller." Voller Neugier schob sich der Esel so nahe wie möglich an die Öffnung nach draußen und starrte hinaus. Zugleich ließ er sich nieder, so daß er mit seinem rechten Auge in die Höhe blicken konnte.

„Ein Stern", berichtete er aufgeregt. „Ein Stern ist es. Der leuchtet beinahe so hell wie sonst nur die Sonne. So einen Stern habe ich noch nie gesehen. Er muß hoch über unserem Stall stehen. Was hat das wohl zu bedeuten?"

„Ein dolles Ding", bestätigte der Ochse.

„Es muß mit dem Kind zusammenhängen", vermutete der Esel. „Das ist kein Kind wie so viele andere. Aber es muß auch eine besondere Mutter sein..."

„Vielleicht eine Hexe", argwöhnte der Ochse.

„Ach bewahre", widersprach der Esel entschieden. „Ihr Gesicht ist so lieblich und anmutig, wie ich es noch bei keiner Menschenfrau gesehen habe. Das kann keine Hexe sein. Der kleine Scheißer krakehlt auch nicht wie andere neugeborene Kinder, sondern lächelt seiner Mutter ganz herzlich entgegen. Sogar Löckchen hat er schon auf dem Kopf."

Der Ochse hatte angestrengt nachgedacht. Das dauerte seine Zeit. Aber dann stand seine Meinung fest.

„Wenn es tatsächlich keine Hexe ist, dann muß es etwas Göttliches sein. Wenn ich nur wüßte, wie so etwas ausgerechnet in unseren Stall kommt. Aber wenn Gott wahrhaftig damit zu tun hat, der Himmel sei dafür gepriesen, dann geht das doch auch uns Tiere an."

Ehe der Esel dazu etwas sagen konnte, hörten beide schon von draußen, wo die nahen Schafe aufgeregt blökten, die Stimme eines der Hirten: „Hier muß es sein. Im Stall der Herberge. Der Stern leuchtet genau darüber."

Auch die beiden Menschen im Stall hatten die wachsende Unruhe bemerkt.

„Was ist da wohl los?" fragte der Mann verwundert. „Da sind Männer und Schafe gekommen. Was können sie denn wollen?"

„Ich glaube, sie wollen unser Kind sehen", vermutete die Frau. „Mit ihm ist doch ein Geschenk Gottes zu den Menschen gekommen."

„Was redest du da?" brummte der Mann beinahe unwillig. „Es ist unser Kind. Deines und meines."

„Und Gottes", ergänzte die Frau lächelnd. „Das verstehst du nicht. Aber ich weiß es."

Wie zur Bestätigung ihrer Worte erklang plötzlich aus vielen hellen Stimmen ein beglückender Gesang, der den ganzen Himmel zu füllen schien. Wer ihm lauschte, erfuhr, daß der Menschheit der Heiland geboren war.

Auch die Tiere vernahmen es mit Staunen und andächtiger Verwunderung. War ihr kärglicher Stall in dieser ungewöhnlichen Nacht wahrhaftig der Mittelpunkt der ganzen Welt? Der Esel ließ aufgeregt seine Ohren spielen, um nur ja keinen Laut von den geheimnisvollen Geschehnissen zu versäumen, die sich um ihren Stall vollzogen. Sogar der Ochse hatte vergessen, daß er eigentlich müde war.

Jetzt klopfte es an die Stalltür. Nicht gewaltsam oder fordernd, sondern demütig bittend.

„Mach' ihnen auf", meinte die Frau. Der Mann erhob sich und öffnete die Tür. Da wurde das sanfte Leuchten im

Stall zu einem strahlenden Glanz. In ihm standen zwei, drei Hirten, beugten ehrfürchtig ihre Köpfe und baten ergeben: „Dürfen wir wohl das Kind sehen?"

Zwar begriff der Mann noch immer nicht, wie ihm geschah, aber er ließ die Männer ein, die vor der Krippe sofort auf die Knie fielen.

„Warum tut ihr das?" wollte der Mann wissen, während seine Frau verständnisvoll lächelte.

„Ein Engel vom Himmel hat es uns gesagt", erklärte einer der Hirten. „Euer Sohn ist doch der Heiland, der zur Welt gekommen ist, um sie von allem Übel zu erlösen. Der Engel hat uns auch verkündet, daß das Kind in der Krippe liegt und ein Ochse und ein Esel ihm Gesellschaft leisten."

„Hörst du das?" fragte der Ochse selbstbewußt. „Von uns beiden reden schon die Engel."

„Ich bin ja nicht taub! Aber wenn das stimmt, dann ist nicht der Wirt unser Chef, sondern Gott persönlich. Damit ist nicht nur dies Kind in unserer Krippe ein ganz besonderes Kind, sondern auch wir beide müssen etwas Besonderes sein. Sozusagen göttliche Tiere. Wenn du verstehst, wie ich das meine."

„Bilde dir nur keine Schwachheiten ein", murrte der Ochse skeptisch. „Auch wenn wir heute dabei sind, wo der Heiland in seinen Windeln liegt, bleiben wir doch armselige Tiere, die keiner beachtet."

Inzwischen hatten die Hirten in ihren Taschen gekramt. „Wir sind zwar arme Leute", erklärten sie, „aber ein bißchen Wolle und Käse haben wir als Geschenk für euer Kindlein immer übrig."

Dabei legten sie die Krippe vorsichtig mit weicher Schafwolle aus und schoben den Eltern ein Stück Käse zu.

„Vergelt's Gott", bedankte sich der junge Vater und schnupperte bereits an dem Käse.

Nachdem die Hirten so ihre Geschenke überreicht hatten, standen sie noch etwas dumm herum und wußte nicht recht, was sie von dem Säugling halten sollten, der ihnen als Heiland angepriesen worden war. Bis der mal groß war und sich nützlich machen konnte als Heiland, würde noch viel Zeit vergehen. Da entstand unter ihren Herden, die sich um Gasthaus und Stall tummelten, unversehens erhebliche Unruhe. Im strahlend hellen Schein des Sterns näherte sich, mit einer mächtigen Staubwolke, eine Gruppe von drei Reitern mit allerlei Gefolge. Das entging selbst dem Gastwirt nicht, der neugierig hinzugetreten war und sich auf die ungewohnte Helligkeit um sein Etablissement gar keinen rechten Vers machen konnte.

Als er aber entdeckte, daß die drei Reiter – anders als das armselige Paar vorher – in feinen Gewändern daherkamen und stattliches Gepäck bei sich hatten, hatte er nichts Eiligeres zu tun, als ihnen seine schönste Suite anzubieten.

Aber wie enttäuscht war er, als die vornehmen Ankömmlinge ihn beiseite schoben, ohne ihn zu beachten, und schnurstracks auf seinen Stall zusteuerten, in den er das Bettelvolk abgeschoben hatte. Was hatte dieses ganze Spektakel zu bedeuten?

Drinnen im Stall verschlug es dem Esel , der immer noch durch die Öffnung nach draußen spähte, beinahe die Sprache, als er die mächtigen Reittiere erblickte. Ungeduldig drängte der Ochse: „Nun sag' schon, wer da noch kommt!"

„Feine Herrschaften in prächtigen Kleidern. Auf seltsamen Tieren, wie ich sie noch nie gesehen habe."

„Sagtest du Tiere?" vergewisserte sich der Ochse. „Hoffentlich sollen die nicht auch noch bei uns Platz finden. Dann können wir uns überhaupt nicht mehr rühren. Außerdem verputzen sie unsere ohnehin nicht reichlichen Mahlzeiten."

„Du mußt nicht immer an dich denken", tadelte der Esel, während er ins Freie starrte.

„Woran denn sonst?" murmelte der Ochse.

Inzwischen hatten die Drei Könige – denn um sie handelte es sich – ihren Dienern gewinkt, daß sie die Geschenke von den Dromedaren abluden. Die machten natürlich eine Menge her, und der Wirt glotzte mit offenem Mund, was da alles zum Vorschein kam. War das wirklich alles für das Lumpenvolk bestimmt?

Etwas zögerlich betraten die Monarchen den kärglichen

Stall, nachdem sie sich noch einmal sorgsam vergewissert hatten, daß der glänzende Stern genau darüber strahlte. Nein, da war kein Irrtum möglich.

An den vornehmen Herrschaften vorbei drückten sich die Hirten ins Freie, um ihre aufgestörten Herden wieder zu sammeln. Die verunsicherten Schafe blökten in ihrer Angst so laut, daß sie sogar den Gesang der Engel übertönten. Nicht jeder weiß schließlich mit Wundern etwas anzufangen.

Nun traten die eleganten königlichen Ankömmlinge an die Krippe und waren nicht wenig verblüfft, daß der ihnen prophezeite Erlöser noch in den Windeln lag. Aber bei Gott mußte man stets auf alles gefaßt sein. So verhielten sie sich angesichts des Babys in der Krippe mit gelassener Selbstverständlichkeit nicht anders, als sie gegenüber einem königlichen Kollegen oder einem Präsidenten verfahren wären. Sie verneigten sich gemessen, gaben ein paar höfliche Floskeln von sich, die ohnehin keiner verstand, und legten rund um die Krippe aus, was sie als Gastgeschenke mit sich geführt hatten.

Dabei warf einer der Könige auch einen Blick auf die beiden Tiere im Hintergrund und gab einem Diener Anweisung, für Ochse und Esel eine Handvoll Datteln hinzustreuen. Der Ochse begnügte sich damit, an den klebrigen Früchten zu schnuppern. Eßbar war das für ihn nicht. Also rückte er mißmutig ein Stück von dem ungenießbaren Zeugs ab. Neugierig kostete der Esel mit langen Zähnen, was ihm da angeboten wurde, und schluckte der Not gehorchend auch den harten Kern hinunter. Heu oder Möhren wären ihm lieber gewesen. Aber was konnte man von solchen aufgeputzten Orientalen auch anderes erwarten?!

Die Könige hatten inzwischen ihre Gratulationscour beendet und traten wieder ins Freie. Hier katzbuckelte bereits der Herbergswirt vor ihnen: „Hoheiten, darf ich euch mein bescheidenes Haus als Domizil zur Verfügung stellen?" Aber auch jetzt schoben sie ihn beiseite: „Wir schlagen unsere Zelte auf und brauchen deine Räume nicht. Schließlich hast du dem neuen König der Erde ja auch kein besseres Obdach als diesen armseligen Stall angeboten."

Da kam dem Wirt endlich zum Bewußtsein, daß er für seine wichtigsten Gäste nichts anderes als einen miserablen Stall übrig gehabt hatte. Das mußte er richtigstellen. Schon wieselte er in Richtung auf die Krippe.

„Ein Versehen", stotterte er, „es ist mir sehr peinlich. Aber ich konnte ja nicht wissen. Alle meine Gästezimmer stehen euch zur Verfügung. Selbstverständlich ganz unentgeltlich. Auch fürs Frühstück braucht ihr nichts zu zahlen. Ich weiß doch, was ich euch und eurem Kinde schuldig bin."

Der fremde Mann hob hoffnungsvoll den Kopf. Aber die junge Mutter wehrte entschieden ab.

„Wir brauchen nichts anderes als diesen Stall, in den ihr uns gewiesen habt. Die Gesellschaft, die wir hier gefunden haben, ist uns lieber als eure verspätete Gastlichkeit."

„Sie wollen bei uns bleiben", raunte der Esel dem Ochsen zu. „Hast du gehört?"

„Ja, ja", bestätigte mißmutig der Ochse. „Das bedeutet, daß wir noch länger auf unsere Krippe verzichten müssen."

„Als ob das so wichtig wäre! Begreifst du gar nicht, daß wir als einzige Tiere der ganzen Welt dem Heiland und Erlöser nahe sein dürfen?"

„Wenn du das so siehst ..." Überzeugt war der Ochse nicht.

Aber der Esel dachte schon weiter. Er musterte die Gaben, die von den Königen um das Kind ausgebreitet worden waren. Eigentlich viel zu wertvoll für das armselige Ambiente ringsum. Anfangen konnte das Kindchen damit gar nichts. Da kam ihm etwas in den Sinn.

„Hirten und Könige haben ihre Geschenke gebracht. Kein Besucher ist mit leeren Händen gekommen. Da gehört es sich ja wohl, daß auch wir dem Bambino etwas schenken.

Die Idee gefiel sogar dem Ochsen. Aber er sah ein Problem dabei.

„Gold und Edelsteine wie die feinen Pinkels haben wir doch nicht. Nicht einmal Käse."

„Aber uns selbst können wir dem Kleinen doch schenken. Du, Ochse, indem du mit deinen kräftigen Hörnern ihn und die ganze Familie beschützt."

„Das will ich gewiß tun", stimmte der Ochse zu und brachte vorsorglich seine Hörner schon in Abwehrstellung.

Als ob sie seine Worte tatsächlich verstanden hätte, schenkte die junge Mutter dem Ochsen einen dankbaren Blick, daß es dem ganz heiß und kalt den breiten Rücken hinunterlief.

Der Esel aber schob sich ein Stück näher an die Krippe heran, beugte den Kopf und spreizte sein rechtes Ohr, so daß es genau vor die kleinen Händchen des Kindes reichte.

„Mit meinen Ohren kann Kleinilein spielen. Anderes Spielzeug hat es ja noch nicht. Und wenn die Familie aufbricht, werde ich sie auf mir reiten lassen, damit sie bequemer ihr Ziel erreichen."

Kaum hatte er das gesagt, entdeckten die Fingerchen des kleinen Jesus auch schon die köstliche, flaumig warme Weiche des Eselohrs, und er jauchzte vor Entzücken über das, was er da spürte. Den Esel aber befiel eine überwältigende Glückseligkeit, wie er sie noch nie in seinem bisherigen Eselleben empfunden hatte.

Dankbar lächelte die junge Mutter, wie ihr Söhnchen die Zuneigung des Esels genoß. So schenkte sie tatsächlich den kostbaren glitzernden Gaben der Könige weniger Beachtung als der liebevollen Huldigung der beiden Tiere.

„Wenn ich die Engel richtig verstanden habe", meinte der Ochse, nachdem er eine Zeitlang angestrengt nachgedacht hatte, „dann sollen von hier aus die Menschen künftig Frieden und Glück erleben. Dafür muß das Würmchen in unserer Krippe sorgen. Aber was ist eigentlich mit uns Tieren?"

„Darüber mach' dir mal keine Sorgen. Wären wir denn sonst hier in unserem Stall bei dem heiligen Kind, wenn die Glücksstunde für die Menschen nicht auch eine Glücksstunde für die Tiere sein sollte?"

„Ihr Esel", sagte der Ochse nachsichtig, „seid doch immer Phantasten. Die Menschen werden auch künftig viel zu viel an sich selbst denken, als daß sie sich noch Gedanken über uns Tiere machen. An das Glück aus dem Stall von Bethlehem werden sie sich möglicherweise dann und wann noch erinnern, soweit es sie selbst angeht. Einmal im Jahr vielleicht. Aber daß auch Tiere wie du und ich in der größten Stunde der Menschheit unter dem gleichen Dach wie der Heiland gelebt und geatmet haben, werden sie bald vergessen haben."

Mit einem grimmigen Schnauben beendete er seine lange Rede, die ihm nicht leichtgefallen war.

„Du machst mich traurig", ließ sich der Esel mit einem tiefen Seufzer vernehmen. „Deshalb will ich einfach nicht glauben, daß du Recht haben könntest. Ich bleibe dabei, daß diese Nacht auch für uns Tiere heilig ist. Warum hätte Gott sonst uns beide zu Zeugen dieses großen Wunders gemacht?"

„Du bist und bleibst eben ein romantischer Esel", brummelte der Ochse und gähnte. „Wenn ich jetzt nicht noch ein paar Stunden Schlaf in die Augen bekomme, dann ist am Morgen überhaupt nichts mit mir los."

Damit legte er sich schwerfällig auf die Seite. Aber dann mußte er doch noch etwas sagen.

„Heilige Nacht hin – heilige Nacht her. Ich weiß nur, daß ich schrecklich müde bin. Hoffentlich kann ich bei dieser Helligkeit überhaupt richtig schlafen."

Der Esel aber rührte sich nicht. Denn schließlich hatte ja das Jesuskind sein Ohr zwischen den Fingerchen. Da waren alle weiteren Worte überflüssig.

Ein Herz für Esel

„Paß doch auf, du Esel!“

Die schroffe Mahnung erreichte Peter Wagner, als er eben dabei war, die Eingangstür zur örtlichen Bank zu öffnen, während von innen ein junges Mädchen das gleiche – nur in umgekehrter Richtung – versuchte. Damit bewegte sich die Tür nach keiner Seite.

Daß sein Gegenüber sogar im Recht war, bemerkte der frischgebackene Anwalt erst, als er die Aufschrift „Ziehen“ auf der äußeren Türseite bemerkte. Er hatte irrigerweise geschoben und nicht gezogen. Jetzt überließ er ihr die Tür.

Ehe er Zeit fand, sich bei der empörten jungen Dame gegen den „Esel“ zu verwahren – immerhin juristisch durchaus eine Beleidigung! –, war sie schon mit einem Achselzucken über seine Begriffsstutzigkeit an ihm vorbeigehuscht. Eben daß er noch wahrnahm, daß sie unter einer kurzgestutzten, kastanienbraunen Ponymähne lebhaft blitzende Augen auf ihn gerichtet hatte. Schon war sie in Richtung zum Parkplatz unterwegs. Was er sah, als er ihr zwangsläufig nachschaute, gefiel ihm durchaus. Eigentlich wäre er ihr gern gefolgt, um sich über den „Esel“ zu beschweren, aber schließlich hatte er ja auf der Bank zu tun und konnte nicht einer noch so verlockenden Gestalt hinterherflanieren. Es war doch wie verhext. Immer begegnete man den reizenden Mädchen im falschen Augenblick. Allerdings – einen Esel hatte sie ihn genannt. Seit seiner Kindheit war ihm das nicht mehr passiert. Wie kam sie eigentlich dazu?!

Als er ein paar Tage später – er war nämlich neu hierher in die Kanzlei von Dr. Ribbeck gekommen – eine Besichtigungstour durch die Holsteinische Schweiz machte, fiel ihm in einem der ostseenahen Reetdachdörfer das Wort „Esel“ abermals auf. Sogar ein Eselbild war dabei. Es ging um einen Eselhof, der Besucher anlocken wollte.

Jetzt mußte Wagner lächeln, als er an das empörte Mädchengesicht dachte, das ihm den „Esel“ an den Kopf geworfen hatte. Wenn schon Esel, dann wollte er sich doch einmal überzeugen, was für graue Vierbeiner hierzulande ansässig waren und ob er es wahrhaftig als Beleidigung auffassen mußte, so genannt zu werden. Denn, das gab er zu, eigentlich waren ihm Esel ganz sympathisch. Beim letzten Urlaub in Marokko hatte er an manchen dieser eigenwilligen Gesellen in Grau eine Handvoll Brot verfüttert. Denn so genügsam Esel auch sein mögen, der ausgetrocknete steinige Boden Marokkos bot wenig, was einen Eselmagen nahrhaft füllen konnte.

Kaum hatte Wagner den Parkplatz verlassen, als er auch schon den ersten Esel erblickte. Wahrhaftig – hier graste eine ganze Schar auf einer saftigen grünen Wiese. Da wären die marokkanischen grauen Kollegen ganz schön neidisch gewesen. Langsam näherte er sich der eingezäunten Weide. Schon kam ihm ein Jüngling, hoch zu Esel, entgegen. Richtig – da stand ja zu lesen, daß man hier auf Eseln reiten oder sich in einer Kutsche von ihnen durch die Umgebung fahren lassen konnte. Sightseeing mit Eseln, sozusagen. Das war ja wohl eine Attraktion für die Urlauber an der nahen Ostsee, die hier mit ihren Kindern herströmten.

Erwartungsvoll sah ihm ein kleinerer Esel entgegen. Ob der Besucher wohl einen Leckerbissen für ihn hatte? Aber Wagner mußte ihn enttäuschen. Anders als in Marokko kam er mit leeren Händen her. Aber vielleicht, fiel ihm ein, konnte man in dem Kiosk drüben eine Portion Eselfutter kaufen. Obwohl man den Tieren ansah, daß sie keine Not litten. Das war anders als in Nordafrika ...

Als er noch überlegte, wieviele Esel hier lebten – ein paar Dutzend bestimmt! –, hatte er den Kiosk schon erreicht. Suchend blickte er sich um. Da war eine Gestalt in einem flotten blauen Overall, die ihm den Rücken zuwandte.

„Hallo“, rief er, „darf ich Sie mal stören? Haben Sie vielleicht ...?“

Aber da hatte sich der Overall schon umgedreht. Und was darin steckte – ja, das kannte er doch. Das war doch die freche Mähne über den lustigen Augen, die er vor der Bank erlebt hatte. Offensichtlich erinnerte sich das Mädchen ebenso.

„Wollen Sie sich hier überzeugen, wie Esel aussehen?" fragte es herausfordernd.

„Das wußte ich schon vorher. Längere Ohren als ich haben sie jedenfalls ..."

„Ich muß mich wohl bei Ihnen entschuldigen", lenkte das kecke Mädchen ein. „Aber ich war so richtig in Brast, als sie mir die Tür zuhielten."

„Ganz schön leichtsinnig, daß Sie fremde Leute als Esel bezeichnen. Wenn das einer in den falschen Hals bekommt, könnte er Sie wegen Beleidigung verklagen."

„Haben Sie das etwa vor?"

„Gott bewahre", wehrte er ab. „Aus Ihrem Mund klang das ja beinahe wie eine Schmeichelei."

Das Mädchen kicherte. „Ist es eigentlich auch. Wenn man so mit Eseln – richtigen, vierbeinigen, meine ich – umgeht, merkt man bald, daß sie pfiffiger sind als manche Menschen. Da könnte sich dieser oder jener sogar etwas darauf einbilden, wenn man ihn mit einem Esel gleichsetzt."

„Ich muß mich also nachträglich geehrt fühlen", meinte er spöttisch.

„Sie, mein Herr", ging sie auf seine Ironie ein, „sind natürlich bestimmt schlauer als meine Esel. Muß ich schon zugeben."

„Meine Esel?" wiederholte er. „Heißt das ...?"

„Nein", unterbrach sie ihn. „War nur so eine Redensart. Ich bin nur den Sommer über als Gehilfin auf dem Eselhof, um in den Semesterferien Kohle für den Winter anzuschaffen."

„Sie studieren also. So einen Ferienjob hätte ich mir auch gewünscht. Ich saß da immer in stickigen Anwaltsbüros. Aber Esel unter Eseln – das wäre doch was gewesen! Was studieren Sie denn?"

„Na, was wohl? Zoologie, Tiermedizin. Also bin ich hier mitten im Studium. Asinologie, wenn Sie verstehen, wie ich das meine. Ist wohl wissenschaftlich nicht ganz korrekt."

Sicher wäre das Gespräch in diesem Stil noch eine Weile so weitergelaufen, wenn nicht eine vielköpfige Familie lautstark herangebraust wäre und eine Fahrt in einer Kutsche machen wollte.

„Sie bekommen Arbeit“, begriff Wagner. „Lassen Sie sich nicht aufhalten.“

„War nett, Sie wiederzusehen! Noch böse? Nein. Also tschüß!“

Damit machte sie sich auf, das Gefährt mit dem Esel zu holen.

Zwar war er damit verabschiedet und hatte eigentlich gar nichts mehr zu suchen. Aber er blieb doch noch, um sich mit dem Anblick, den er an der Bank nur ganz flüchtig gehabt hatte, noch etwas gründlicher zu befassen.

„Da sind Sie ja doch noch“, stellte das Mädchen fest, nachdem sie die Kutsche in Fahrt gebracht und den vorgespannten Esel mit einem wohlwollenden Klaps auf die pralle Rückseite verabschiedet hatte.

Also erklärte ihr Wagner, weshalb er eigentlich zum Kiosk gekommen war. Futter für die Esel? Nein, das gab es nicht zu kaufen.

„Die haben genug zu fressen. Wir sehen es eigentlich gar nicht so gern, wenn sie zusätzlich gefüttert werden. Vor allem, wenn die Urlauber ihre vertrockneten Wurststullen – Hasenbrot, wissen Sie – in die Eselmäuler stecken. Die Leute wissen nämlich nicht, daß Wurst oder Fleisch den Eseln nicht bekommt. Reine Vegetarier sind sie.“

Aber jetzt näherten sich schon die nächsten Gäste. Wagner begriff, daß er hier wirklich überflüssig war und das Mädchen nur bei der Arbeit störte. Dabei ließ es sich gut mit ihr reden – plachandern, wie seine ostpreußische Mutter es wohl ausgedrückt hätte. Jedenfalls würde er das nächste Mal ein paar Möhren mitbringen. Die schadeten den Eseln bestimmt nicht.

Das nächste Mal? Waren ihm die Esel tatsächlich so wichtig, daß er noch einmal herfahren wollte? Eigentlich gab es ja dafür überhaupt keinen Grund. Die Esel hatte er gesehen. Das Mädchen auch noch. Daß es mit dem „Esel“ vor der Bank nicht ernst gemeint gewesen war, hatte er nun auch gehört. Was suchte er denn da noch auf dem Eselhof? Sie würde bestimmt heimlich über ihn lächeln.

Ja, natürlich war es das Mädchen, das er wiedersehen wollte. Aber, überlegte er, warum sollte er nicht hier nachholen, wozu er in Marokko nicht gekommen war? Einen Eselritt machen. War doch mal was anderes. So wirkte es ganz unverfänglich, wenn er wiederkam.

Sein Anwaltskollege, bei dem er das Gespräch auf seinen Besuch im Eselhof gebracht hatte, wußte Bescheid.

„Ja, der Besitzer – und mit ihm die ganze Familie – hat die Zeichen der Zeit erkannt. Mit einem einzigen Esel hat er vor 20 Jahren angefangen. Jetzt sind es beinahe 50 geworden. Die Urlauber sind begeistert und strömen dahin. Vor allem, wenn das Wetter am Strand zu wünschen übrig läßt, bietet sich ein Besuch bei den Eseln geradezu an. Eine willkommene Abwechslung."

Diese Abwechslung gönnte sich Peter Wagner schon ein paar Tage später. Zu seiner Enttäuschung fand er allerdings das Mädchen diesmal nicht im Kiosk. So blieb ihm nichts anderes übrig, als sich von einem hilfsbereiten Jüngling zu einem Eselritt einweisen zu lassen.

„Unsere Esel kennen den Weg genau. Wenn die Zeit herum ist, kehren sie von selbst um. Überstunden machen sie ungern."

Also hatte das Mädchen wohl recht, wenn sie von der Klugheit der Esel überzeugt war.

Ein bißchen albern kam sich Wagner schon vor, als er auf Eselsrücken ebenso wie müßige Urlauber die Dorfstraße entlangzuckelte. Noch dazu, da es eigentlich sinnlos war. Zu schade, daß das kesse Mädchen sich nicht blicken ließ. Vielleicht hatte sie ihren freien Tag.

Aber als er eine knappe Stunde später von seinem Esel auf den Hof getragen worden war, sah er sie schon im Kiosk. Irrte er sich oder stimmte es wirklich, daß ihre Augen aufblitzten, als sie ihn bemerkte. Sie kaute gerade aus vollen Backen. Man sah ihr an, daß es ihr schmeckte.

„Sehr feurig war meine Rosinante ja nicht", bemerkte Wagner nach der Begrüßung.

„Da hat Ihnen Friedrich ja auch unsere sanfteste Schnecke gegeben. Vermutlich zweifelte er an Ihren Reitkünsten."

„Mit Recht", gab Wagner zu. „Zum Esel langten sie immerhin. Da kann man leichter aussteigen als bei einem Pferd."

Sie hatten kaum ein paar Sätze gewechselt, als Wagner so tat, als ob ihm plötzlich etwas einfiel.

„Übrigens – wie lange haben Sie eigentlich hier immer Dienst? Was hielten Sie davon, wenn wir nach Dienstschluß einmal essen gingen? Ich möchte Sie einladen. Das heißt, wenn Sie in Gesellschaft von ‚Eseln' speisen mögen."

Sie lachte amüsiert. „Gerade mit Eseln. Wie Sie sehen!" Und biß in ihr Butterbrot.

„Also – einverstanden? Vielleicht morgen?"

Sie hatte den Mund voll. Also konnte sie nur nicken.

„Ich hole Sie von hier ab. 19 Uhr. Einverstanden?" Jetzt hatte sie fertig gekaut.

„Besser eine halbe Stunde später. Wenn die letzten Besucher weg sind, ist nämlich noch viel zu tun. Dann muß ich mich umziehen. Ich fürchte, im Overall werden Sie mich nicht zu Tisch führen wollen."

„Wir ‚Esel' sind in dieser Hinsicht nicht kleinlich." Er grinste spitzbübisch. „Was im Overall steckt, ist wichtiger."

„Trotzdem. Ein Kleid werde ich schon investieren."

Aber jetzt standen schon wieder Gäste auf der Matte, die ihre Eselkutsche zugeteilt bekommen mußten. Zeit für ihn aufzubrechen. Im Gehen winkte er ihr zu.

„Bis morgen!"

Er konnte nicht leugnen, daß er in den folgenden Stunden und am nächsten Tag immer wieder in Richtung Eselhof dachte. Vor allem aber mußte er sich entscheiden, wo er mit ihr essen konnte. Da kannte er sich hierzulande noch nicht aus. Kollege Ribbeck, den er befragte, legte den Kopf schief.

„Das ist hier wirklich nicht einfach. Entweder taugt das Essen nichts, aber die Aussicht ist schön, oder das Essen ist Spitze, und Sie sitzen in einem ungemütlichen Raum und starren auf die Wände. Beides zusammen – gutes Essen und schöner Blick – ist rar."

Aber dann konnte er Wagner doch noch einen Tip geben.

Also saßen am Abend der junge Anwalt und die Eselstudentin, die im Kleid noch reizvoller als im Overall aussah, in einem Lokal am Strand von Hohwacht.

Die untergehende Sonne färbte Himmel und Wasser wie ein Kaleidoskop. Die Ostsee bot, was sie an Romantik besaß. Aber ehrlicherweise muß gesagt werden, daß die beiden der Natur draußen und sogar dem, was sie auf ihren Tellern hatten, nur bescheidene Beachtung schenkten. Immer wieder trafen sich ihre Blicke. Immer wieder entdeckten sie, daß sie miteinander sprachen, als ob sie vertraute Bekannte wären.

„Esel", sagte das Mädchen eifrig, als es von seiner Tätigkeit auf dem Eselhof erzählte, „sind wirklich liebenswert."

„Ist das so? Wie schön!" Dabei dachte er an ihre erste Begegnung vor der Bank.

Natürlich entging ihr nicht, worauf er anspielte. Wahrhaftig – sie wurde rot. Das gab es also auch! Aber trotz ihrer Verlegenheit fand sie die passenden Worte, die seinen Übermut dämpften.

„Bilden Sie sich darauf nur nichts ein!"

Kurzum – es war ein wirklich schöner Abend. Als sie zum Wagen gingen, griff er nach ihrer Hand. So schlenderten sie ein Stück am Strand entlang.

Die sanften Wellen murmelten: „Küß sie doch, küß sie doch!"

Das tat er denn auch, und sie hatte nichts dagegen.

Aber dann fiel ihm doch noch etwas ein.

„Daß du ein Herz für Esel hast, habe ich ja gewußt. Aber daß du dich sogar von einem Esel küssen läßt, konnte ich nicht ahnen."

„Dann nütze es doch aus!"

Damit legte sie die Arme um seinen Hals.

Das sind alle Geschichten